시리우스에서 온 손님

교과연계
중등과학 1학년 3단원 생물의 다양성(미래엔)
중등과학 3학년 6단원 유전과 진화(천재)
중등도덕 1학년 4단원 자연, 생명, 과학, 문화와 도덕(천재)
중등도덕 1학년 1단원 도덕적 주체로서의 나(천재)
중학국어 2학년 6단원 깊고 넓은 이해(비상)
중학국어 3학년 4단원 문학, 시대의 돋보기(천재교육)

청소년 권장 도서 시리즈 3

시리우스에서 온 손님

2019년 3월 18일 초판 1쇄
2022년 3월 20일 초판 2쇄

글 엄계옥   그림 우형순
펴낸이 김숙분   디자인 김은혜·김바라   영업·마케팅 이동호
펴낸곳 ㈜도서출판 가문비   출판등록 제 300−2005−60호
주소 (06732) 서울 서초구 서운로19, 1711호(서초동, 서초월드)
전화 02)587−4244~5   팩스 02)587−4246   이메일 gamoonbee21@naver.com
홈페이지 www.gamoonbee.com   블로그 blog.naver.com/gamoonbee21/
제조국 대한민국   사용 연령 8세 이상
주의 사항 종이에 베이거나 긁히지 않게 조심하세요.

ISBN 978−89−6902−205−9 43810

ⓒ 2019 엄계옥

시리우스 에서 온 손님

엄계옥 글 | 우형순 그림

가문비
틴틴북스

이 이야기는 한 생명의 지구별 여행 기록이다. 갓 태어난 어린 생명이 눈앞에서 죽어가는 모습을 차마 그냥 두고 볼 수가 없었다. 살려야 한다는 생각뿐이었다. 길고양이 수명은 13~20년이다. 그러나 고양이들 대부분이 1년 안에 죽고 성묘(어른 고양이)가 되어도 평균 3~4년을 살지 못한다. 연약하기 그지없는 어린 생명이 부드럽고 따뜻한 봄에 이곳에 와서 4년 후 우주로 돌아가기까지, 아름답고 활기찼던 지구가 인간만의 야만적인 소굴로 변해가는 모습이 안타까워 그 험난했던 여정을 여기에 기록했다.

달 밝은 밤 내 가슴 높이에 있는 창문을 열면 세상에서 가장 빛나는 별이 있다. 시리우스 성좌(천랑성天狼星)다. 그 별이 눈앞에서 황금빛 눈을 반짝이며 말을 걸어온다. 어린아이의 마음으로 보아야 마음이 트이고 마음으로 보아야 진짜 보는 것이라고. 고양이가 꼬리로 눈 깜박임으로 수많은 대화를 시도해도 나는 그 뜻을 십분의 일도 알아듣지 못한다. 꼬리와 눈의 대화를 알아듣는 날

나는 이 세상 지구 끝에 서 있을 것이니.

4년 전 나비가 이곳으로 온 날로부터 우주로 돌아가기까지 단하루도 마음 편할 날이 없었다. 천오백여 일의 여정을 돌아보면, 나비가 새끼들과 함께 동물분양소에 맡겨졌을 때, 온 가족이 한곳에 있어서 행복했을까? 다시 집으로 돌아와서 열흘 간 방안에 갇혀 지낼 때도 아늑했을까? 중성화 수술을 받고 새끼들을 모두 잃고 혼자 돌아와서 마음 쓸 자식이 없어서 편안했을까?

나로 인해 나비의 지구별 여행은 망가져 버렸다. 그렇게 될 줄 알았더라면 새끼였을 때 그 생에 끼어들지 않았을 것이다. 나비를 묻고 온 후 가슴이 피멍 든 것처럼 아팠다. 음식도 소화되지 않았다. 운명이라고 생각하기로 했다. 나비가 생각 속에 있는 또 다른 별로 가기 위해 지구별 여행을 끝내기로 마음먹고 떠돌이 개를 불렀을 것이라는 추측만 할 뿐. 그렇지 않고서야 비 오는 날 난데없이 떠돌이 개가 내 집 마당까지 들어와 나비를 물어 버린 사실을 이해할 수가 없다. 나비는 운명대로 왔다가 운명대로 간 것이다. 이것이 나에게 거는 최면이다.

우리는 특정 대상에게만 천사가 산다고 믿는다. 천사는 날개 달린 모습이 아니라 우리들 마음 안에 있는 자아다. 어린 마음으로 보면 세세하게 작고 여린 것들의 안까지 다 보인다. 오늘 밤에도 우주에서 나비가 황금빛 눈을 반짝이며 말을 걸어온다. 결코 많은 땅을 요구하지 않았다고, 스티로폼 상자나 라면 박스 정도의 땅이면 충분했다고. 나는 가만히 고개를 끄덕인다.

차례
......

1. 만남

키 낮은 담장이 이끄는 대로 가다 보면 언덕 없는 평평한 지역에 골목이 많은 동네가 나온다. 사람들은 그곳을 은하마을이라고 불렀다. 도로변에 있는 은하주민센터는 사십 년 동안 한 곳에 붙박여 있어 다른 지역 사람들에게 이정표 역할을 톡톡히 한다. 은하주민센터를 끼고 오른쪽으로 들면 좁은 골목들이 바큇살처럼 펼쳐진다. 구멍가게를 지나 왼쪽으로 방향을 돌면 빨간 벽돌집들이 줄을 잇는다.

그 길 끝에는 붉은여우 미용실과 왕할머니네가 있다. 두 집 사이에는 막다른 골목이 있고 그 안에는 보아 이모네가 산다. 사람들은 그 세 집을 은하마을 A612-614라고 불렀다. 세 집은 모두 담장이 낮았다. 붉은 벽돌로 담만 둘렀다 뿐이지 마당이 훤히 들여다보인다. 녹슨 철대문은 언제나 활짝 열려 있다.

왕할머니는 나이가 가장 많아 이 작은 왕국의 주인이나 다름이 없다. 성품이 강직해서 남을 불편하게 하지도 않았지만 자신이 불편을 겪는 일을 몹시도 싫어했다. 그런 까닭에 누구든 왕할머니 앞에서는 고분고분했다. 쓰레기가 약간만 떨어져 있어도 버린 사람을 찾아다닐 정도여서 골목은 언제나 조용하고 깨끗했다.

세 집은 모두 한 평도 안 되는 빈터를 갖고 있다. 터를 사용하는 방법은 각각 달랐다. 보아 이모는 꽃을 좋아해서 화단으로 사용했고 왕할머니는 텃밭으로, 붉은여우 미용실은 묵정밭¹⁾으로 묵혔다. 봄이면 보아 이모네 화단에는 동백, 매화, 목련, 살구, 앵두, 목단이 발가락을 덧대거나 어깨를 오므리고 서서 경주를 하듯 꽃을 피웠다. 매화와 동백이 먼저 피면 목련 앵두가 따라서 피었다. 그때쯤이면 왕할머니네 텃밭에서도 싹이 돋았다. 보아 이모가 꽃 보는 걸 좋아하듯 왕할머니는 고추, 상추가 자라는 걸 무척이나 좋아했다.

왕할머니는 싹이 돋는 광경을 혼자 보기 아깝다는 듯 담 너머에 있는 보아 이모를 부르곤 했다.

---

1) 묵정밭: 오래 내버려 두어 거칠어진 밭.

"신기하지 않소. 요 모래알보다 작은 씨앗들이 땅을 뚫고 나오는 걸 보면. 마치 병아리 입 같다오!"

"할머니 정성이 얼만데요. 날마다 자식 대하듯, 손자 보살피듯 하시니 잘 자랄 밖에요. 올해도 고추 농사 대풍이겠어요. 호호~."

보아 이모는 왕할머니의 기분을 맞출 줄 안다. 텃밭이 왕할머니의 유일한 놀이터라는 것을 잘 알기 때문이다.

이 평화롭고 고요한 곳에 아기 고양이도 뭇 생명들처럼 지구별 여행을 왔다. 등은 까만 빛이요, 목에는 흰 별 검은 별 무늬가 있는 아기 고양이는, 텃밭이 있고 화단이 있는 이곳이 무척 마음에 들었다.

요 며칠 사이 날씨 변덕이 심했다. 따뜻한가 싶더니 추웠다가 더워지기를 반복했다. 그 바람에 화단에서는 동백꽃이 지고 앵두

꽃이 피었고, 텃밭에서는 싹들의 키가 한 뼘이나 자랐다. 아기 고양이는 변덕스러운 날씨 탓에 지구에 도착한 지 한 달 만에 지구면역제라는 감기에 걸리고 말았다.

골목 안에 햇살이 가장 잘 드는 시간은 오전 아홉 시다. 보아 이모는 그 시간이면 라디오를 틀어놓고 창문을 열고 청소를 했다.

"봄바람~ 휘날리며~ 흩날리는 벚꽃 잎이~."

라디오에서 '벚꽃엔딩'이 흘러나왔다. 노랫소리와 청소기 소리가 뒤섞인 집안은 소음으로 가득 찼다. 보아 이모는 책 읽기를 놀이처럼 즐겨한다. 얼른 책을 읽고 싶은 마음에 청소를 서둘렀다.

"울려 퍼질 이 거리를~ 우우 둘이 걸어요~."

노래와 청소기 소리가 뒤섞인 속에서 가느다란 아기 우는 소리가 났다.

"아응, 아응."

"응? 웬 아기 울음소리가 나지?"

보아 이모는 청소를 잠시 멈추고, 소리 나는 쪽으로 귀를 기울였다. 정적만 고일뿐 아무 소리도 나지 않았다. 고개를 갸우뚱하더니 다시 청소기를 돌렸다.

"윙윙, 그대여~ 그대여~ 윙윙."

벚꽃엔딩이 잦아들었다. 청소기 소리도 멎었다.

"아응, 아응."

"이상하네?"

보아 이모는 이번에는 라디오를 끄고 개미 발자국 소리도 담을 듯이 귀를 기울였다. 소리는 분명 마당에 있는 평상 위에서 나고 있었다. 보아 이모는 창틀에 배를 반쯤 걸치고 고개를 아래로 쭉 뺐다.

"어머나, 아기 고양이네! 너 어디서 왔니? 마치 밤하늘이 한 조각 떨어져 나온 것 같네."

가까이서 아기 고양이를 본 적이 없는 보아 이모는 등이 까만 아기 고양이를 보고 조그맣게 말했다. 아기 고양이는 혼자서 울고 있다가 머리 위에서 나는 인기척에 놀라 쏜살같이 달아났다. 평상 위에는 금가루를 뿌려놓은 듯한 햇살이 눈이 부시게 고여 있었다.

"따뜻해서 여기로 온 게로구나."

도망간 아기 고양이를 향해 보아 이모가 중얼거렸다.

보아 이모는 수명시간표라는 것을 짜 놓고 규칙적인 생활을 한
다. 어제와 똑같은 시간에 일어나고 청소도 그 시간에 마친다. 다
른 점이 있다면 어제 아침에는 라디오에서 '벚꽃엔딩'이 흘러나왔
다면, 오늘은 '백세 인생'이란 노래가 나왔을 뿐이다.

청소를 마친 보아 이모는 책상 앞에 앉았다. '뭇사람 속에서 그
한 사람을 천 번 만 번 찾았네.'라는 구절이 담긴 책장을 막 넘기
려던 참이었다.

"야옹. 야옹"

애잔한 울음은 자꾸만 보아 이모의 예민한 귀를 잡아끌었다.
보아 이모가 벌떡 일어났다.

"쟤는 왜 자꾸 여기 와서 우는 거야?"

책 읽기를 방해받은 것에 타박을 하며 마당으로 나간 보아 이
모는 깜짝 놀랐다. 아기 고양이의 뽀얀 얼굴이 눈물 콧물로 범벅
되어 있어서였다.

"어머 너 많이 아픈 게로구나! 엄마는 어디 있니?"

보아 이모 물음에 아기 고양이는 또다시 달아났다. 짧은 앞다
리를 세차게 흔들며 긴 뒷다리 두 개로 걷는 보아 이모가 괴물처

럼 보였다. 사흘째 되던 날도 마찬가지였다. 햇살을 온몸에 두르고 오들오들 떨면서 울다가 보아 이모가 다가가면 도망가기를 반복했다.

"어떡하지, 많이 아픈 가 본데……."

보아 이모는 난감해서 중얼거렸다.

나흘 째 되던 날, 아기 고양이 뒤를 살금살금 따라간 보아 이모는 붉은여우 미용실 맞은편에 잡동사니들이 쌓인 곳에서 멈춰섰다. 그곳에는 조그만 구멍이 있었고 아기 고양이가 그 안으로 쏙 들어가 버렸기 때문이다. 들여다본 구멍 안은 캄캄했다.

아기 고양이와 보아 이모의 숨바꼭질은 열흘 동안이나 계속되었다. 평상 위에 와서 울다가 도망가고 다시 또 와서 울었다.

"조그만 녀석이 비실거리면서 평상에는 어떻게 올라갔지?"

아기 고양이를 도와주려다가 허탕만 치던 보아 이모는 사방을

두리번거리면서 혼잣말을 했다. 마치 누군가가 아기 고양이를 평상 위에 데려다 놓고 가는 것만 같았다. 보름 째 되던 날에는 멀찍이 서서 지켜보았다. 달아날 힘조차 남아있지 않은 아기 고양이는 다리 사이에 얼굴을 묻고 기진맥진한 채 앉아 있었다.

"혹시 저러다가 죽을지도 몰라! 얼마전 티브이에서 봤는데 구청에 요청을 하면 도와주던걸."

보아 이모는 전화를 걸었다.

"여보세요? 여기 아기 고양이가 죽어가고 있어요. 번지요? 은하마을 A612-614입니다."

전화를 한 지 십 분이 지났다. 차 소리에 아기 고양이가 비실거리며 일어났다. 붙잡힌 순간 노란 물찌똥을 갈겼다. 고약한 냄새가 코를 찔렀다.

"아유, 냄새야. 새나라동물병원에서 나온 오현세입니다. 인사가 늦었습니다."

남자가 고무장갑을 낀 손으로 아기 고양이의 뒷덜미를 움켜쥐고 인사를 했다. 냄새 때문에 곧은 콧등에 잔주름이 잡혔다. 이마 위로 아무렇게나 흘러내린 머리카락을 팔뚝으로 쓱 쓸어 올린 남자는 눈썹이 짙고 눈이 컸다. 오현세라고 적힌 명찰이 햇살을 받아 번쩍번쩍 빛이 났다.

"병원에서 오셨다고요? 저는 구청에 도움을 청했는데…?"

"아, 네. 구청으로 신고가 들어오면 저희 동물병원으로 연락이 오죠. 민원이 들어왔으니 나가 보라고……."

"차라리 잘 됐네요. 얘, 얼른 데리고 가서 치료해 주세요. 이대로 두면 죽을 것 같아요."

보아 이모는 살짝 긁힌 손등을 만지작거리며 재촉을 했다.

"손등 많이 긁혔습니까? 애들은 길고양이라서 막 물고 할퀴어서 도움을 줄 수가 없어요. 딱 보니, 애도 얼마 못 살 것 같네요. 한 열흘쯤 병원에 뒀다가 찾는 사람이 없으면 안락사를 시킬 겁니다."

"……!"

오 씨는 보아 이모가 묻지도 않은 말을 계속했다.

"저희 동물병원에서도 할 짓이 못돼요. 애들도 생명인데 불쌍하죠. 하지만 지금처럼 신고가 들어오면 어쩔 수 없이 나오지요. 시청과 구청, 동물병원 세 군데 협약사항이라 안 나올 수도 없고. 아무튼 일 처리를 그렇게 하고 있습니다."

보아 이모는 잘못 들었나 싶어 물었다.

"안락사요? 치료해서 이 자리에 놓아주는 게 아니고요?"

보아 이모 말을 흘려들은 오 씨가 대문을 넘어 차 쪽으로 갔다.

"안락사를 시킬 바엔 여기서 죽게 내버려 두지, 왜 구조요청을 했겠어요? 잠깐만요, 저도 따라가겠습니다."

무언가 잘못되어가고 있다는 생각을 한 보아 이모가 오 씨 등에 대고 말했다. 아기 고양이가 담긴 캐리어를 뒷좌석에 싣기 위해 차문을 열던 오 씨가 뒤돌아보았다.

"병원까지 따라가겠다고요?"

"네, 치료해서 여기로 데려오려고요."

"그러면 치료비를 아줌마가 물어야 할 텐데?"

"치료비요? 하는 수 없죠, 뭐."

오 씨가 대답을 하기도 전에 보아 이모는 냉큼 차에 올랐다.

"괜찮아. 치료해서 데리고 올 거니까 겁먹지 마. 알았지?"

아기 고양이는 대답 대신 몸을 바들바들 떨었다.

차는 쏜살같이 달려 십 분 만에 새나라동물병원에 도착했다. 오 씨가 아기 고양이를 통로 안쪽으로 데리고 갔다. 보아 이모는 강아지 사진이 다닥다닥 붙은 복도를 지나 진찰실을 겸한 안내실로 갔다. 그곳에는 보라색 머플러를 두른 오십 중반의 여자와, 얼굴이 길쭉하고 눈이 툭 불거진 의사가 심각한 표정으로 이야기를 나누고 있었다.

보아 이모가 들어가자 그들은 문 쪽을 동시에 흘깃 쳐다보았을 뿐 엑스레이 사진에 몰두했다. 여자는 짙은 보라색으로 염색을 한 머리카락을 상투처럼 틀어 올린 모습이었다. 빨간 뿔테 안경을 콧등에 걸치고, 말을 할 때마다 아래위로 연동운동을 하는 의사의 툭 불거진 목울대를 쳐다보고 있었다. 바닥 중앙에는 철망이 있고 푸들 한 마리가 그 안에서 놀다가 보아 이모가 지나가자 깡충깡충 뛰어올랐다. 보아 이모는 푸들을 향해 살짝 손을 흔들고 나무의자에 가서 앉았다.

벽면에 의사의 약력이 붙어 있어 시선은 그곳에 가 있었지만 그들의 대화는 자연스레 보아 이모 귀로 흘러들었다.

"그러니까 왼쪽 앞무릎 부분입니다."

의사는 생김새와 달리 목소리가 중저음이면서도 부드러웠다.

"수술을 견딜까요? 얘가 올해 열 살 노인이라서······."

여자가 근심 어린 목소리로 말했다.

"나이도 나이지만 지금 당장 수술을 하지 않으면 고통이 심해 견딜 수가 없어요. 다리가 부러진 상태라······."

"무지막지한 녀석들 같으니라고."

"큰일입니다. 애들이 갈수록 난폭해져서. 어서 수술을 결정하시죠?"

"어떻게 생명을 가지고 장난을 친단 말이에욧."

수술만이 답이라는 의사 말에 여자는 자신도 모르게 소리쳤다.

"선생님, 얘가 수술 도중에 잘못되면 저는 못 살아요. 정든 시간이 얼만데. 수술을 해야 한다니 어쩔 수 없지만······ 잘 부탁합니다."

여자의 목소리가 애원 투로 바뀌었다. 의사는 수술실로 갔고 여자는 보아 이모 곁으로 왔다. 까무잡잡한 피부에 윤기가 자르르했다.

"많이 다쳤나 보네요?"

보아 이모가 먼저 물었다. 여자는 하소연할 대상을 찾은 것처럼 몰티즈가 다친 경위를 늘어놓았다.

"불과 이십 분 전이에요. 외출 준비를 하느라 화장을 하고 있었지요. 그 사이 우리 메리가 대문 밖으로 나갔나 봐요. 그때 아이들 셋이 메리에게 새총을 겨누며 한꺼번에 쏘아서 맞히는 게임을 한 거죠.

"세상에, 말도 안 돼!"

보아 이모가 토끼 눈을 떴다.

"비명 소리를 듣고 나갔을 때는 늦었더군요. 메리는 다리를 절뚝이고 있었고, 아이들은 달아나면서도 자기가 맞췄다고 낄낄댔죠. 생명에게 새총을 겨누다니 말이 돼요?"

"그러게 말입니다. 아이들 인성이 겨울철 논바닥처럼 메말라 가서 큰일입니다. 얼마나 다쳤나요?"

"엑스레이 사진으로 봐서는 왼쪽 앞다리가 부러진 중상이라네요!"

여자가 씩씩거리며 말을 마쳤다.

보아 이모는 생각에 잠겼다.

불과 며칠 전이었다.

남자아이 셋이서 골목 담벼락에 오줌을 누고 있었다.

"거기다가 오줌을 누면 어떡하니?"

"내 맘인데 왜요?"

아이들은 대들 듯하고는 자전거를 타고 쌩하니 가 버렸다.

'천사는 어른에겐 잠깐 머무르지만 아이들에게는 오래 머무를 텐데?'

당황해서 한참 동안 아이들이 사라진 골목을 바라보던 때를 떠올렸다.

'아이들은 죄를 모른다. 때가 묻기 전에 책을 읽으면 마음이 말랑해져서 곤충 한 마리도 친구가 될 텐데. 유치원이나 학교에서 유기동물을 한 마리씩 키우면 어떨까? 생명의 소중함을 알게 되고, 협동으로 동물을 기르다 보면 이타심도 생길 거고…….'

온갖 생각들이 꼬리를 물던 때였다.

"딸랑!"

생각에 빠져 있던 보아 이모를 깨운 건 출입문 소리였다. 문이 열림과 동시에 머리가 하얗게 센 남자가 들어왔다. 긴 머리카락을 가랑머리로 질끈 묶은 남자였다. 손에는 끈이 들려 있었고 덩치가 큰 불도그가 따라서 들어왔다. 머리띠 때문에 남자의 얼굴 윤곽이 뚜렷했다. 눈썹 주위로 주름 제거 수술을 한 자국이 선명했다.

'오늘은 왜 머리 모양이 독특한 사람들을 자주 만나지?'

보아 이모는 머리카락을 보라색으로 염색해서 상투처럼 틀어 올린 여자나, 가랑머리에 머리띠를 한 중년 남자나 평범한 인상이 아니라는 생각을 했다. 남자는 불도그를 유기견이라고 했다. 간호사가 발견 장소를 꼬치꼬치 묻자 말을 더듬었다. 열흘 동안 찾는 사람이 없으면 안락사를 시킨다는 말에 남자의 시선이 흔들렸다. 오 씨가 불도그를 통로 안쪽으로 데리고 가려했다. 불도그는 기다란 두 다리로 완강하게 버티고 서서 세상에서 가장 슬픈 눈으로 남자를 올려다보았다. 남자는 도망치듯 새나라동물병원을 나갔다.

"멍멍, 앵앵, 캑캑, 왕왕……."

새로 들어간 불도그로 인해 통로 안쪽이 시끄러웠다. 보아 이모는 응급환자인 아기 고양이가 불안해할 것이 마음 쓰였다. 불도그의 슬픈 눈빛도 자꾸 떠올랐다. 하루가 아기 고양이로 인해 엉뚱한 방향으로 흐르고 있었다.

동물병원에 도착한 지 사십 분이 지났다. 몰티즈의 앞무릎 수술을 마친 의사가 얇고 흰 고무장갑을 벗으며 나왔다. 보라색 머리를 한 여자가 의자에서 반사적으로 일어났다.

"수술은 잘 되었습니다. 깁스는 한 달 정도 하는 게 좋습니다. 지금은 안정을 취하고 있으니 삼십 분 후에 데려가시면 됩니다."

의사 말에 여자는 보라색 립스틱을 바른 입술로 연신 고맙다고 했다. 보아 이모가 엉거주춤 일어서려다 파란색 모자를 벗으려는 의사와 눈이 부딪혔다. 의사는 깜박 잊고 있었다는 듯 오 씨를 불렀다.

"아까 그 새끼 고양이 데리고 와 봐요."

오 씨가 아기 고양이를 데려 왔다. 고약한 냄새가 코를 찔렀다. 의사는 자신의 주먹보다 작은 아기 고양이의 뒷덜미를 움켜쥐고 툭 불거진 눈을 이리저리 굴리며 배를 훑었다. 그 사이 또 물찌똥을 갈겼는지 지독한 냄새가 풍겼다.

"어휴, 냄새야!"

의사가 인상을 찌푸리며 말했다. 바들바들 떠는 아기 고양이를 보다 못해 보아 이모가 나섰다.

"선생님, 영양 주사도 한 대 놓아주세요."

의사는 대답 대신 주사기에 노란 액체를 담아 허공에 쏘았다. 가느다란 물줄기가 오후 네 시 방향으로 꺾이며 떨어졌다. 주사를 두 대 놓았다. 그뿐이었다.

보아 이모와 아기 고양이는 동물병원으로 간 지 한 시간 만에 은하마을 A612-614로 돌아올 수 있었다. 차에서 내리자마자 아기 고양이는 주사 기운으로 쏜살같이 달아났다.

"약을 먹어야 하는데 저리 도망을 다니니 원……."

보아 이모는 금방이라도 휘어질 듯 가느다란 다리가 안쓰러워 중얼거렸다. 아기 고양이의 뒤태에서 자신의 어린 시절을 보는 듯했다.

보아 이모는 아기 때 잔병치레를 많이 했다. 죽을 고비를 수도

없이 넘겼다. 동네 돌팔이 의사가 아니었다면 지금쯤 이 세상 사람이 아니었을지도 몰랐다. 보아 이모는 아기 고양이가 사라진 골목을 한참 동안 바라보고 있었다.

구운 생선에 약을 묻혀 두고 보아 이모는 기다렸다. 아기 고양이는 가지 않았다. 생선은 다른 길고양이들이 먹고 갔다. 다시 며칠이 흘렀다. 외출에서 돌아오던 보아 이모는 평상 위에 앉아 있는 아기 고양이를 보고 반색을 했다.

"어머나, 너 살아 있었구나!"

반가움도 잠시였다. 다 죽어가던 처음 모습 그대로여서 실망이 이만저만 아니었다.

"그러게 와서 약을 먹어야 낫지. 인석아."

다시 아기 고양이를 데리고 동물병원으로 가려니 무서워하고 싫어할 것이 뻔해 보여 보아 이모 혼자 갔다.

"한 달 된 아기 고양인데요, 콧물과 설사가 심해요. 약하고 분유 좀 주세요."

보아 이모는 약과 분유를 사서 부리나케 집으로 왔다. 아기 고양이는 도망치지도 못할 만큼 지쳤다. 부서지기 쉬운 종이 인형을 만지듯, 보아 이모는 아기 고양이의 뒷덜미를 조심스레 들어 올렸다.

"이보다 더 연약한 존재는 없을 거야."

손 안에서 할딱거리는 숨결이 만져져서 혼잣말을 했다.

"자칫 잘못하다가는 배가 푹 꺼질지도 몰라."

숟가락에 약을 타서 강제로 먹이며 중얼거렸다.

"나비야, 제발 한 모금만 넘기자, 응?"

보아 이모는 자신도 모르게 아기 고양이를 나비라 불렀다. 모든 길고양이 이름이 나비라는 통칭보다는 절박해서 얼떨결에 나온 말이었다. 아기 고양이는 약을 넘기느라 캑캑거리며 도망쳤다.

분유에 탄 약과 구운 생선에 묻은 약을 먹은 아기 고양이는 차츰 기운을 회복해 갔다. 수돗가에서 새빨간 장미 꽃잎 같은 혓바닥을 날름거리며 물도 먹었다. 아기 고양이는 그렇게 생사를 넘나들며 지구별에 안착을 했다. 보아 이모는 계단 밑에 있는 창고 두 개 중 하나를 아기 고양이의 보금자리로 내주었다. 아기 고양이와 씨름하는 사이 꽃의 질주는 화단을 지나 들을 넘어 산을 향해 내달았다. 왕할머니네 텃밭에서도 고추와 상추 깻잎이 키 자랑을 하고 있었다.

2. 영토분쟁

왕할머니는 자명종 없이도 새벽 다섯 시면 어김없이 일어난다. 맨 먼저 하는 일이 학교 운동장을 다람쥐처럼 스무 바퀴 도는 일이다. 운동 후엔 텃밭에 온갖 정성을 기울인다. 그렇게 애지중지하는 텃밭에 사흘 전부터 조그만 봉분이 생기기 시작했다. 처음에는 대수롭지 않게 여겼던 것이 시간이 갈수록 늘었다. 왕할머니의 표정이 사뭇 심각해졌다.

"오까시네(이상하네)?"

왕할머니는 일이 잘못된다 싶으면 일제강점기 때 천막당사에서 배운 말이 불쑥 나오곤 했다. 호미로 봉분을 팠다. 새끼손가락만하게 생긴 까만 똥이었다.

"여태 한 번도 이런 일이 없었는데, 이기 왠고!"

범인을 잡아야 했다. 감히 텃밭에 똥을 누는 놈, 간덩이가 우주만 하리라. 왕할머니는 하루 종일 텃밭을 지키기로 했다. 낮에는 아무도 오지 않았다. 밤에 이층 현관 앞에 의자를 놓고 기다렸다. 마침내 조그만 물체가 그림자도 없이 쫄래쫄래 마당으로 들어서는 것이 아닌가. 작은 물체는 한순간의 망설임도 없이 텃밭으로 쏙 들어갔다. 돌멩이를 잡는 왕할머니 손이 부들부들 떨렸다. 조그만 형상을 향해 힘껏 돌팔매질을 했다. 두 번, 세 번, 작은 물체는 벼락불이 발뒤꿈치에 떨어진 것처럼 놀라서 달아났다.

"저놈의 정체를 꼭 밝히고야 말 테다."

텃밭으로 내려와 흩어진 돌멩이를 주워 담는 왕할머니 손에 분노가 서렸다.

이튿날 아침, 운동장을 돌고 온 왕할머니는 마음이 온통 텃밭에 있었다.

"그놈을 우째 잡는담?"

그때였다. 어떤 예감이 스쳤다. 낮은 담장 너머로 보아 이모네 화단에 흐드러지게 핀 목단 꽃이 보였다.

"운제 저 꽃이 저리 활짝 피었누. 천천히 늦게 피는 꽃이 열매가 큰 법이거든."

왕할머니는 화단에 핀 커다란 꽃잎을 들여다보며 혼잣말을 하는데 뭔가가 보였다. 등은 까만 빛이요, 목에 흰 별 검은 별 무늬

가 있는 아기 고양이였다. 아기 고양이는 커다란 꽃잎을 뒤지는
벌에 정신이 나가 있었다.

"저놈이렸다!"

왕할머니는 한순간의 망설임도 없이 목단 꽃에 정신을 팔고 있
는 아기 고양이를 지목했다. 목에서 불기둥이 솟았다. 그러나 아
직 현행범으로 단정하기에는 일렀다.

"흠흠. 이보소, 이보소!"

왕할머니는 화가 잔뜩 묻은 음성을 가다듬느라 애를 썼다. 그 소리에 아기 고양이가 기겁을 하고 달아났다.

"할머니, 부르셨어요?"

보아 이모가 의아한 얼굴로 창문을 열며 말했다.

"설마 집에 저 고양이 새끼 키우는 건 아니겠제. 마, 저것 쫓아 뿌소."

치미는 감정을 억누르느라 왕할머니 표정이 일그러져 어색하기 짝이 없었다.

"어떻게 살아난 아기 고양이인데 쫓으라고 하시지?"

보아 이모는 의아해하며 덧옷을 걸치고 마당으로 나왔다.

"아무래도 저 고양이 새끼가 내 터에 똥을 누는 갑소."

"할머니 텃밭에 똥을요?"

"여, 와 보소. 우째해 났는가?"

고춧대 사이로 군데군데 봉긋봉긋한 것을 가리키며 왕할머니가 말했다.

"보다시피 한두 군데가 아이라. 고양이는 크면 덩치가 산 만해져 가꼬 해코지를 한다 카더라. 얼른 쫓아뿌소 마."

왕할머니는 조그마한 봉분들을 사납게 파헤쳤다. 이미 달아나고 없는 아기 고양이를 향해 양팔을 휘휘 내저었다. 그런 왕할머니를 바라보는 보아 이모 마음에 먹장구름이 몰려왔다. 다른 집은 몰라도 왕할머니 터에 아기 고양이가 영역 표시를 한다는 것은 보통 심각한 일이 아니었다. 스스로 섶을 지고 불에 뛰어드는 격이었다. 그날부터 아기 고양이는 쫓기는 신세가 되었다. 보아 이모네 창고로 온 지 사흘만이었다.

"밥 먹을 고양!"

아기 고양이는 아침마다 밥 달라는 신호를 그렇게 보냈다. 마치 적군을 눈앞에 둔 척후병[2] 같이 조심스럽고 나직한 목소리였다. 보아 이모는 식구들 중에서 그 소리를 가장 먼저 들었다. 항상 귀를 나팔처럼 벌려놓고 자기 때문이었다. 만약 그 소리를 왕할머니가 듣는 날엔 돌멩이와 빗자루가 사정없이 날아다녔다. 아기 고양이가 현행범으로 지목된 후 밥 먹기는 첩보작전을 방불케 했다. 보아 이모는 아기 고양이를 타일렀다.

"아가야, 너, 왕할머니 터에 어쩌자고 똥꼬를 들이대니? 우리 집 화단에 눠라. 똥 때문에 매일 쫓기며 사는 게 말이 되니?"

아기 고양이는 보아 이모 말을 귀에 담지 않고 사료와 함께 꿀

---

2) 척후병: 적의 형편이나 지형 따위를 정찰하고 탐색하는 임무를 맡은 병사.

꺽꿀꺽 삼켜 버렸다. 뿐만이 아니었다. 밥그릇 주변을 빙글빙글
돌면서 보아 이모에 대한 경계를 한순간도 늦추지 않았다.

보아 이모가 화단에 있는 꽃나무들의 발등을 다치지 않을 만큼
흙을 부드럽게 부셔 놓아도 소용이 없었다.

급기야 왕할머니의 인내심이 바닥을 드러냈다. 아기 고양이의
똥을 꽃삽으로 퍼서 보아 이모네 마당으로 던지기 시작했다.

"내가 밥 주지 말라 안 카더나, 앙? 밥을 안 주모 저것이 다른
데로 간다 안 카나? 나한테 와 이라요. 야! 대답을 쫌 해 보소.
남의 텃밭을 망쳐놓고도 암치도 않소."

"밥을 안 주면 어린것이 슬퍼 보여서……."

보아 이모가 기어들어가는 목소리로 말했다.

"뭐? 슬퍼 보인다꼬! 이웃이 중요하요, 저까짓 고양이 새끼가 중하요. 말해보소!"

왕할머니는 걸핏하면 양자택일을 강요했다.

"당신 고양이 새끼가 슬퍼 보이믄 지금 당장 집안에 들라서 키우소. 왜 낼로 괴롭히고 난리고. 앙, 당장 안 갖다 버리나. 다시는 찾아오지 못하도록 자루에 넣어서 멀리 갖다 버리라 카이!"

왕할머니 입에서 거친 말들이 쏟아졌다.

왕할머니네 집 이층 현관에서 보면 보아 이모네 마당이 훤히 내려다보였다. 그 때문에 아기 고양이가 하는 행동이 다 보였다. 싸움은 매번 아기 고양이에게 불리했다. 아래에서 올려다보며 싸우는 것보다 위에서 내려다보는 편이 훨씬 유리해서였다.

아기 고양이는 왕할머니의 돌팔매질을 피해 다니면서도 밥 때가 되면 어김없이 돌아왔고, 아침이면 승리의 깃발인 양 텃밭에 똥을 숨겨 놓았다. 보아 이모가 할 수 있는 일은 정해져 있었다. 왕할머니가 시키는 대로 밥을 주지 말든지, 방 안으로 들이든지, 내쫓는 것 중 하나를 택하는 거였다.

"너 자꾸 이러면 정말 밥 안 준다. 가까이 오지도 않고, 왕할머니 텃밭에 가서 똥 눌 거면 차라리 다른 곳으로 가 버려!"

"보고 싶을 고양!"

아기 고양이는 밥그릇을 경계 삼아 금빛 눈을 굴리며 웅얼거렸다.

"하루를 살아도 마음이 편해야지 이게 뭐니. 온 마당이 똥밭이잖니! 제발 우리 화단에다만 똥 눠라. 왕할머니는 너 때문에 얼마나 속이 상하시겠어?"

아기 고양이는 들은 체도 안 했다. 하는 수 없이 보아 이모는 왕할머니가 제시한 세 가지 방법 중에서 굶기기를 선택했다. 하루, 이틀, 사흘……. 결국 보아 이모가 백기를 들었다. 배를 곯는 것이 얼마나 잔인한 고문인지를 잘 알아서였다. 보아 이모는 아기 고양이에게 미안하다고 사과까지 했다. 아기 고양이가 처음으로 보아 이모를 향해 눈을 깜박였다. 그 장면을 왕할머니가 보고 말았다. 입 꼬리가 한쪽으로 처지며 심하게 실룩거렸다.

보아 이모는 왕할머니에게 지혜를 배울 때도 있었다. 수돗물과 빗물이 채소를 다르게 자라게 한다는 것과, 꽃비치고 나서 열 달 산달이 와야 사과를 딸 수 있다는 것 등이었다. 한 번은 이런 말도 했다.

"저놈의 고양이 새끼가 당신 화단에는 똥을 안 누고, 와 내 터에 똥을 누는지 아요? 당신이 밥을 주니까 고마버서 그라요."

"⋯⋯!"

오래 산 지혜로 아기 고양이의 마음을 읽는다는 뜻으로 받아들인 보아 이모는 참 기뻤다. 그러나 아기 고양이는 텃밭에도 똥을 눴지만, 화단에도 누었다. 사람은 자신이 보고 싶은 것만 보고 듣고 싶은 것만 듣는 동물이었다.

"오늘 아침 방송에 고양이를 잡아다가 판 사람을 구속했다네. 그기 와 법에 걸리노 말이다. 길가에 널린 게 고양이 새끼들인데."

왕할머니는 때로는 하지 않아도 될 말을 첫새벽 뉴스라며 전하기도 했다.

보아 이모는 창고에 고양이 전용 모래 변기통을 사다 놓았다. 아기 고양이 똥을 찾기 위해 밤중이면 핸드폰으로 불을 밝혀 텃밭을 뒤지기도 했다. 그런데도 보아 이모는 아침마다 왕할머니에게 야단을 맞았다. 새벽 다섯 시를 넘겨 일어나는 바람에, 아기 고양이가 숨겨 둔 똥을 왕할머니가 먼저 찾았기 때문이었다.

아기 고양이는 자신이 눈 똥을 감쪽같이 감출 때도 있었다. 그럴 때면 금파리나 쉬파리들이 떼로 몰려와 새까맣게 달라붙어 똥이 있는 곳을 알려주었다. 그런 날이면 아기 고양이는 왕할머니의 돌팔매질을 여러 번 당해야 했다.

아기 고양이가 텃밭에 가는 데는 그만한 까닭이 있었다. 첫 번째는 습관이었다. 왕할머니가 매일 흙을 부들부들하게 김을 매놓아서 똥 누기에 딱 좋았다. 한 번만 간다고 한 것이 흙은 거대한 자석이 되어 자꾸 아기 고양이를 그쪽으로 끌어당겼다. 습관이란 처음에는 가벼워서 못 느꼈지만 시간이 갈수록 목숨이 위태로워도 끊을 수 없는 것이 되어 있었다.

두 번째는 은하마을 A612-614라는 번지였다. 우주에는 큰 개자리에 백색왜성, 시리우스A, 시리우스B 자리가 있다. 이웃하고 있는 별들이다. 깊고 좁은 골목을 중심으로 이웃을 한 세 집들은 아기 고양이에게는 우주에 있는 고향과도 같은 곳이었다. 지구가 우주의 축소판이란 것과, 모든 생명은 지구여행이 처음이라 서툴수밖에 없다는 것을 아기 고양이는 알리고 싶었다. 눈 깜박임으로 응시를 할 때면 왕할머니가 눈으로 천 개의 불화살을 쏘아대서 알릴 수가 없었다.

생명은 지구로 올 때 각자 자기만의 여행 주기를 갖는다. 나무는 천 년을, 소는 삼십 년, 사람은 사십 년으로 잡았다. 아기 고양이는 시리우스 성좌에서 지구별로 올 때 어림잡아 여행 주기를 십오 년으로 정했다. 그렇게 아름답게만 보이던 파란 별이 막상 도착해 보니 살벌하기 그지없었다. 아기 고양이 구십 프로가 첫 번째 생일을 맞기도 전에 우주로 돌아가고 있었다. 아기 고양이는 지구별 여행을 계속할지에 대한 고민에 빠졌다.

"당신 고양이 새끼가 눈 똥을 내가 와 치워야 하요, 앙. 보자보자 하니까, 와 날로 이래 애를 멕이노 말이다."

"……."

"거리에 널린 게 고양이 새끼들 밥인데, 와 당신이 주노. 앙. 내 터에 와서 똥만 안 누모 내가 와 이카겠노. 내 돈 들여 사료 사 주는 것도 아닌데."

왕할머니 성화에 보아 이모의 고개는 날로 땅으로 떨어졌고.

"내가 기댈 곳은 텃밭뿐이라오. 당신 보다시피 자슥들이 찾아오기를 하나. 저것들 가꾸는 기 내 유일한 재미요. 그걸 빼앗아 가요. 저까짓 것들한테 내 터를 양보하라꼬? 어림도 없다."

그 순간 아기 고양이는 지구별 여행을 수정하기로 마음먹었다.

3. 여왕이 되다

가을이 깊었다. 단풍은 시속 삼십 킬로미터로 산을 내려와 보아 이모네 화단과 왕할머니네 텃밭에 머물렀다. 아기 고양이는 나비로 이름을 굳혔다. 어린아이 시기가 끝나는 중요한 지점에 이르러 귀엽던 생김새도 변했다. 장난기 가득하던 금색 눈은 고요하게 깊어졌고 호기심으로 활발하던 행동도 신중해졌다.

보아 이모가 집을 비울 때면 왕할머니는 창고로 찾아왔다. 출입문 앞에 떡 버티고 서서 자꾸만 나비더러 어디든 가라고 했다. 나비는 힘껏 도망치면서 지금 당장은 떠날 수가 없고, 지구별이 아름다웠다고 말할 수 있을 때 가겠다고 했다. 그럴 때면 왕할머니는 빗자루로 지구를 때리듯 마당을 두들기다 돌아가곤 했다.

겁이 많은 나비는 골목 밖으로 나가지 않고, 주로 창고와 뒤란을 오가며 생활했다. 뒤란 틈새는 사람이 들어설 수 없을 정도로 비좁았지만 왕할머니의 위협을 피할 유일한 장소였다.

시간은 화살처럼 빨랐다. 육지에서 놀던 바람이 바다로 갔다. 초겨울이 왔음을 알 수 있는 건 나비의 침실이었다. 라면 상자가 스티로폼 상자로 바뀌었다. 나비가 지구로 온 지 아홉 달이 되었다. 나비는 주변 단속이 심해서 사람 그림자만 비쳐도 번개보다 빨리 달아났다.

나비는 해 바라기를 좋아했다. 왕할머니 등살에 맘 놓고 해 바라기를 할 수 있는 날은 두 달에 한 번으로 정해져 있었다. 뒤란보다 마당 빛이 곱절은 따뜻했다. 모처럼 추위에 언 몸을 꼬리로 감싸며 마당에서 햇빛을 즐겼다. 그 모습을 본 화단의 꽃나무들이 고개를 끄덕이며 한 마디씩 했다.

"오늘은 왕할머니가 계모임을 가신 날이구나. 나비가 편안하게 해 바라기를 하는 걸 보니 우리 마음이 다 평화롭네."

"뽀얀 얼굴과 분홍 코와 별처럼 반짝이는 저 눈 좀 봐. 수고양이들이 반하지 않을 수가 없겠는 걸."

화단의 꽃나무들은 몇 장 남지 않은 잎을 부딪치며 맞장구를 쳤다.

"고마워요 아이 따뜻해, 왜 이렇게 부드러운 고양"

햇볕이 등을 주물러 나비는 눈이 저절로 감겼다. 그때였다.

"크르릉"

어디선가 수고양이 두 마리가 나타났다. 한 마리는 노랑수고 양이였고 한 마리는 까만수고양이였다. 두 수고양이는 몸속에서 격렬하게 뛰는 피를 어쩌지 못하겠다는 듯 난투극을 벌였다. 마 당은 순식간에 싸움판이 되었다. 나른하던 평화는 산산조각이 났 다. 나비는 처음에는 무슨 일인지 몰라 어리둥절했다. 수고양이 들이 서로 물고 뜯고 할퀴며 나뒹굴 때 나비는 황급히 달아났다. 사냥개에게 쫓기는 토끼처럼 뒤도 돌아보지 않고 뛰었다. 조금 뒤 노랑수고양가 조용히 뒤를 따랐다. 쫓는 자가 쫓기는 자보다 빨랐다. 된바람보다 더 빨리 달린 노랑수고양이가 금세 나비를 따라잡았다.

"왜 자꾸 따라오는 거예요?"

가슴이 벌렁거려 숨이 턱에까지 찬 나비가 쏘아붙였다.

"헉헉! 제발 달아나지 말고 내 말 좀 들어요."

노랑수고양이 귀 뒤에서 피가 흐르고 있었다.

"나는 은하마을 A612-614의 골목대장이랍니다."

"당신이 누군지 알고 싶지 않아요. 제발 날 내버려둬요."

"당신을 만나기 위해서 여러 날을 싸우며 여기까지 왔어요."

"관심 없어요, 저리 가세욧!"

점점 다가오는 노랑수고양이를 피해 나비는 뒷걸음질로 경계를 했다.

"지난여름부터 우리 수고양이들은 당신을 여왕으로 추대를 했
지요. 여왕이 정해지면 나이 찬 수고양이들끼리 힘겨루기를
해서 대장을 뽑는답니다. 그렇게 뽑힌 대장은 여왕과 결혼을
해야 합니다."

"결혼? 내가 여왕이라고요?"

"다섯 달 전에 삼색여왕이 죽었어요. 자동차 사고로 급작스레
가 버렸죠. 그동안 여왕이 될 암고양이가 없었습니다. 당신이
어른으로 자랄 때까지 우리 수고양이들은 기다렸습니다. 모두
들 얼마나 기다렸는지 모릅니다. 당신과 결혼하기 위해서지
요. 오늘 까만수고양이와의 대결에서 내가 이겼고 나는 이제
대장이 되었어요. 결혼을 허락해 주십시오."

"난 여왕도 싫고 결혼도 싫어요."

침착해야 한다고 마음먹은 나비는 금빛 형형한 눈으로 응수를
했다. 노랑수고양이는 다시 한 번 따뜻한 시선으로 안심시키려
들었다.

"대장은 여왕이 임명합니다. 제발 내 마음을 받아주세요. 이렇
게 부탁합니다."

노랑수고양이는 한쪽 무릎을 꿇고 양손을 무릎 위에 포갠 채
애잔한 눈으로 나비를 바라보았다. 노랑수고양이는 다정한 말을

이어갔다.

"나는 당신과 결혼하기 위해 목숨까지 걸었습니다. 오늘 당신 앞에서 마지막 결투가 있었고, 죽을 각오로 싸웠습니다. 당신과 일생을 함께 할 수 있는 행운을 얻기 위해서지요. 내 청혼을 받아 주세요."

여태껏 가슴 밑바닥에 비축해 두었던 사랑의 말들을 쏟아내었다.

나비는 지구에 온 지 한 달 만에 가족이 뿔뿔이 흩어졌다. 죽었는지 살았는지 알지도 못했다. 감기에 의지해 우주로 돌아가려던 찰나 보아 이모를 만났다. 매일 왕할머니에게 쫓기는 처지이지만, 노랑수고양이와 함께라면 매 순간이 전쟁터 같은 지구 살이를 사랑으로 견딜 수 있을 것 같았다.

나비는 처음으로 노랑수고양이를 마주 보았다. 선한 눈망울이 사랑의 감정으로 불타고 있었다. 두근거리던 심장이 진정되어갔다. 온몸이 따뜻해지는 것을 느꼈다. 잦아들던 심장이 다시 뛰기 시작했다. 이번엔 불안해서 뛰는 심장박동이 아니었다. 심장이 그렇게 기분 좋게 뛰기도 처음이었다.

나비가 누그러진 틈을 타 노랑수고양이는 한 걸음씩 다가왔다. 어깨를 살며시 안았다. 순간 둘의 얼굴이 발갛게 달아올라 귀

까지 빨개졌다. 나비는 부끄러워 앞발로 땅을 긁적이며 보일 듯
말 듯 고개를 끄덕였다. 노랑수고양이는 뛸 듯이 기뻤지만 신중
하게 행동했다.

"청혼을 받아 주어 고마워요. 자, 일어납시다. 여기서 멀지 않
은 곳에 우리들의 비밀 장소가 있어요. 당신과 나의 대관식을
겸한 결혼을 축하하기 위해 길고양이들이 모여 있답니다. 그
곳으로 갑시다."

노랑수고양이는 꿇었던 무릎을 털고 일어나서 신사처럼 허리를 앞으로 굽혔다. 왼손을 가슴에 얹고 오른손을 내밀었다. 노랑수고양이가 안내한 곳은 폐지가 잔뜩 쌓인 쓰레기 분리수거장이었다. 노랑수고양이와 나비의 등장에 길고양이들은 우레와 같은 박수로 맞았다.

"나비 여왕님 만세, 노랑수고양이 대장님 만세!"

"우와! 저 검은 머리에 흰 얼굴 좀 봐. 눈부시게 아름다운 여왕님이셔."

"아름다운 신부를 만나서 우리 대장님 꼬리가 하늘로 치솟았네. 하하하!"

고양이들은 두 팔을 가슴 높이에 모아 쥐고 부르르 떨며 찬사를 보냈다. 나비와 노랑수고양이는 폐지가 쌓인 맨 꼭대기 층까지 손을 잡고 올랐다. 노랑수고양이가 나비에게 먼저 황금색 왕관을 씌워 주었다. 왕관은 처음부터 나비를 위해 있었던 것처럼 잘 어울렸다. 뒤이어 나비가 노랑수고양이에게 대장 왕관을 씌워 주었다. 금발에 희고 동그란 얼굴이 한층 돋보였다. 박수가 쏟아졌다. 대장 왕관을 쓴 노랑수고양이가 나비 앞에서 오른발을 벌렸다가 왼발에 척 붙이며 거수경례를 했다. 모여 있던 모든 길고양이들이 대장을 따라서 오른발을 벌렸다가 오므리며 충성 맹세를 했다.

"여왕님, 대장님 만세!"

만세 소리가 쓰레기장이 떠나갈 듯했다. 대관식은 매번 여는
게 아니었다. 수고양이가 처음으로 대장이 된 때와 암고양이가
처음으로 여왕이 된 때 치렀다. 이를테면 수고양이가 대장 싸움
에서 패해 서열이 바뀔지라도 여왕이 그대로 있으면 대관식은 열
지 않았다. 반대인 경우도 마찬가지였다. 길고양이들은 매일매일
춥고 허기졌다. 사람들은 그들의 지구 방문을 반기지 않았다. 그
때문에 성스러운 대관식 날을 지구 여행의 최고 날로 정해 흥겹
게 보냈다.

시간은 어느 날 느닷없이 아이를 어른으로 만들어 버리는 마법
을 부린다. 아이와 어른의 중간 단계에서 순식간에 어른으로 변
모를 시켜버린다. 그날 나비는 여왕이 됨과 동시에 생명을 잉태
한 몸으로 돌아왔다.

나비는 배가 불러올수록 왕할머니와의 교감을 원했다. 간절한
눈빛을 보낼 때마다 왕할머니는 싫다는 레이저 광선을 쏘아댔다.
파란 광선이 돌팔매만큼이나 아파 피할 수밖에 없었다.

수고양이들은 싸움에서 지면 패장이라 홀로 떠돈다. 싸움에서
한참 신참인 노랑수고양이는 까만수고양이의 연륜과 노련함에

쫓겼다. 노랑수고양이는 사랑하는 나비에게 다시 돌아오기 위해 은하마을 A612-614를 떠날 수밖에 없었다.

4. 첫 출산

나비가 지구에 온 지 일 년이 지났다. 그동안 보아 이모와 나비는 서로 보지 않고도 기척을 알 수 있게 되었다. 나비가 창고 안에서 방안에 있는 보아 이모의 발소리를 들을 수 있는 것처럼 보아 이모 또한 나비가 현관문 앞에 와 있는 것을 알았다. 그런데도 나비는 한시도 보아 이모에 대한 의심을 늦추지 않았다.

봄은 생물의 심장을 부풀게 한다. 아지랑이가 윤슬[3]처럼 마당을 덮었다. 화단에서는 꽃들의 두 번째 경주가 시작되었다. 동백과 매화가 앞 다투어 피더니 벌들이 꼬리에 천둥소리를 달고 왔

---

3) 윤슬: 햇빛이나 달빛에 비치어 반짝이는 잔물결.

다. 나비는 배를 불쑥 내밀고 뒤뚱거리며 다녔다. 나비의 출산을 손꼽아 기다리는 것은 새로 대장이 된 까만수고양이뿐이었다. 왕할머니는 입가에 비웃음을 담은 채 불룩한 배를 노려보았고, 그것을 지켜보는 보아 이모는 불안하기만 했다.

매화꽃이 비를 흠뻑 맞던 날이었다. 자명종처럼 울리는 나비 목소리에 보아 이모는 벌떡 일어났다. 습관처럼 왕할머니네 현관부터 살피고 등 뒤에 감춘 밥그릇을 내밀려다 말고 멈칫했다. 나비 배가 홀쭉해져 있었다.

"너 간밤에 아기를 낳았구나!"

보아 이모는 첫 산고를 무사히 치른 나비가 신기했다. 새 생명을 맞는 신비감에 심장이 콩닥거렸다.

"몇 마리 낳았니? 아참, 내 정신 좀 봐. 미역국을 끓여야지. 조금만 기다려."

부엌으로 가는 동안 발이 바닥을 딛는 것이 아니라 허공에 들린 기분이었다. 새끼가 몇 마리인지, 어떻게 지킬지를 근심하며, 가자미를 넣고 미역국을 끓였다.

"나비야, 얼른 첫 밥 먹어. 배고플 텐데."

보아 이모가 떨리는 손으로 내민 미역국을 나비는 먹지 않고 냄새만 맡았다.

"왜, 입맛이 없니? 기운 없을 텐데 어서 먹어."

"안 먹을 고양."

"왜 그래? 아참, 그러고 보니 넌 미역국을 한 번도 안 먹어 봤구나. 사료와 멸치 된장국만 먹었지, 일부러 생선을 넣고 끓였더니, 요 녀석 까다롭게 굴기는. 알았어, 다시 끓여 올게."

보아 이모는 냄비를 들고 부엌으로 내달렸다. 생명을 맞는 일이 낯설고 서툴러 손발이 부들부들 떨렸다. 약 십여 분 뒤에 멸치를 듬뿍 넣고 끓인 된장국을 들고 왔다.

"자, 어서 먹어. 산모에겐 뜨끈한 국물이 최고야."

보아 이모가 뜨거운 국물을 후후 불며 말했다. 새끼가 몇 마리인지 궁금했지만 고양이는 자기 새끼를 누가 보면 다른 곳으로 옮긴다는 말을 들어서 호기심을 억눌렀다.

"아무 걱정 마라. 네 곁에 있어 줄게."

된장 국물을 찹찹 소리 내며 먹는 나비가 보아 이모는 측은해 보였다. 저도 모르게 목덜미에 손을 얹었다.

밥그릇을 핑계 삼아 매몰차게 거절하던 나비가 웬일로 가만히 있었다. 목에서 가르릉 소리가 만져졌다. 머리 위에서 쏘는 듯한 시선이 느껴져 올려다보니 왕할머니가 현관문 앞에서 잔뜩 부은 얼굴로 내려다보고 있었다.

"그게 그리도 좋소. 기가 차서 쯧쯧."

한쪽 입 꼬리가 비대칭이 되도록 삐죽거렸다. 왕할머니는 아직 나비가 새끼를 낳은 줄을 몰랐다. 눈치채는 날이면……. 그 날 벼락을 상상하는 것만으로도 오금이 저릴 일이었다. 나비는 밥을 먹다 말고 도망쳤고 보아 이모는 죄지은 사람처럼 엉거주춤 일어섰다.

나비가 새끼를 낳은 지 나흘이 지났다.

"노랑수고양이 새끼를 한 번만 보여 줄 수 없소?"

까만수고양이는 날마다 담벼락에 삐딱하게 서서 거만하게 굴었다. 얼굴은 눈을 다쳐 험상궂었다. 불안을 감지한 나비가 보아 이모 앞에서 뒤란 보일러실과 마당 창고를 왔다 갔다 하며 신호를 보냈다.

"뒤란 보일러실에 라면 박스를 놔달라고?"

보아 이모는 용케도 나비의 행동을 알아차렸다.

그날 밤, 나비 목소리가 예사롭지 않았다. 밤새도록 누군가를 야단치고 있었다. 다음 날 아침, 나비는 마당 창고가 아닌 뒤란 보일러실에서 나와 아침밥을 먹었다.

"어젯밤 창고에서 보일러실로 이사를 한 게로구나. 밤에 누구랑 그렇게 싸웠니?"

보아 이모가 새끼들 안전을 염려하며 물었다. 나비는 밥그릇을 응시하며 가만히 있었다. 밥 먹을 동안 새끼들이 괜찮은지 보

54

고 올 요령으로, 보아 이모는 살그머니 뒤란으로 가 보일러실 문을 열었다.

"삐그덕!"

"앗!"

분명 마당에서 밥 먹고 있어야 할 나비가 어느새 보아 이모의 마음을 꿰뚫고 와서 새끼들을 품고 있었다. 금기를 깬 보아 이모를 한없이 원망 어린 눈으로 바라보았다. 보아 이모는 얼른 문을 닫았지만 불길함을 감출 수가 없었다. 전쟁 같은 어젯밤에도 지켜 낸 새끼들이었다. 제발 더는 다른 곳으로 옮기지 말았으면 하고 간절히 바랄 뿐이었다.

다음 날 아침, 나비가 골목 입구에 있는 붉은여우 미용실 창고에서 왔다. 밥을 먹는 둥 마는 둥 하고 급히 그쪽으로 다시 갔다.

"이상하네, 저 집에는 좀체 가지 않는데 왜 저러지?"

그때였다. 나비가 울면서 되돌아왔다.

"왜 그러니 응?"

나비는 제 자리에서 빙글빙글 돌면서 어쩔 줄을 몰라 했다. 자꾸만 뒤돌아보며 보아 이모에게 따라오라는 시늉을 했다. 나비가 앞장서 간 곳은 붉은여우 미용실 창고 앞이었다. 그곳은 잡동사니만 있고 문이 없다. 그 앞에서 나비가 울부짖었다. 보아 이모는 불길한 예감에 뒤란 보일러실로 달려갔다. 라면 박스 안에 새끼

한 마리가 죽어 있었다. 나머지 새끼들은 어디에도 없었다.

"어젯밤에 기어이 이 문도 없는 허허벌판 같은 창고로 새끼들을 옮긴 거로구나. 아침에 밥 먹으러 올 때까지 함께 있었는데 그 사이에 새끼들이 사라진 거야. 이 일을 어떡하니!"

보아 이모가 발을 동동 구르며 붉은여우 미용실 창고와 뒤란 보일러실을 진자처럼 왔다 갔다 했다.

"네 새끼들, 하늘로 솟은 거니, 땅으로 꺼진 거니? 모두 내 잘못이야."

새끼를 훔쳐본 대가가 그토록 끔찍한 결과를 가져올 줄을 몰랐던 보아 이모는 안절부절이었다.

"널 도우려고 한 건데. 때로는 선한 마음으로 한 일이 상대에게 피해가 되기도 하는구나. 내가 뒤란 보일러실 문만 열어 보지 않았어도 이런 일은 일어나지 않았을 텐데……."

보아 이모는 눈물을 글썽였다. 어젯밤에 새끼 한 마리를 잃은 나비는 나머지 새끼들을 붉은여우 미용실 창고로 옮겼다. 아침에 잠깐 와서 밥 먹는 사이에 감쪽같이 사라져 버렸다. 방금 전까지 품 안에서 재재대던 새끼들이 보이지 않자 나비는 제정신이 아니었다. 폭풍처럼 울부짖으며 찾아다녔다.

"내가 잘못했다. 내가 네 새끼를 잃게 만든 거야. 네 새끼 묻어 주자. 나비야 미안하다."

보아 이모는 울부짖는 나비를 달래며 뒤란 보일러실로 가 죽은 새끼를 안고 나왔다. 털빛이 나비와 똑 닮은 새끼였다.

사고가 나기 전날이었다.

"노랑수고양이 새끼를 감추는 게 내 임무요. 은하마을 A612-614는 이제 내 차지이니 노랑수고양이 새끼들을 여기서 자라게 내버려 둘 수 없소. 그게 사바나의 법칙인 걸 어떡하오."

까만수고양이가 담벼락에 서서 나비에게 한 말이었다. 그처럼 순하던 나비가 밤마다 앙칼지게 소리치던 이유였다. 결과적으로 나비는 까만수고양이와 보아 이모를 피하느라 새끼를 모두 잃고 말았다. 그날 밤 시리우스 주변에서 별들이 요동치고 있었다.

나비는 날마다 울면서 새끼들을 찾아다녔다. 그 울음소리는 구슬프면서도 애절했다. 한 달이 넘도록 새끼들이 보이지 않자 나비는 창고에서 나오지 않았다. 몸이 점점 굳어 갔다.

두 달이 지났다. 장맛비는 보름 동안이나 계속되었다. 텃밭에는 고추가 주렁주렁 매달렸다. 반쯤 열린 창고 문 안으로 비에 흠뻑 젖은 노랑수고양이가 쑥 들어갔다.

"미안하오."

"……."

노랑수고양이 몸에서 황금 빗물이 뚝뚝 떨어졌다. 처음 만났던 날처럼 귀 뒤가 깊게 파여 상처에서 붉은 물이 흘렀다.

"당신에게 돌아오기 위해 까만수고양이 앞에 잠시 무릎을 꿇을 수밖에 없었소."

노랑수고양이 말에 나비는 눈꺼풀 밑에서부터 눈물이 차올랐다. 방울방울 흘러넘쳤다. 하염없이 눈물을 쏟을 동안 딱딱하게 굳어가던 몸에서 피가 돌았다.

"가슴속 응어리는 어떤 식으로든 풀어야 해요. 눈물은 고통으로부터 숨을 트이게 하지요. 이 일은 지구별에서의 특별한 추억으로 남을 것이니 너무 슬퍼 마오."

노랑수고양이가 온몸을 감싸는 듯한 부드러운 음성으로 나비를 달랬다.

"이젠 어떤 일이 있어도 당신을 떠나지 않을 것이오."

노랑수고양이가 떠나지 않겠다는 것은 까만수고양이와의 서열 싸움에서 이겼다는 뜻이고 노련함을 갖추었다는 의미였다.

"우리 아기를 함께 기릅시다."

노랑수고양이가 끊임없이 속삭였다.

한 달 하고 보름 동안이나 계속되던 장마가 끝이 났다. 모처럼 해가 하늘 가운데에 있었다. 나비 뱃속에는 노랑수고양이의 두 번째 새끼들이 무럭무럭 자라고 있었다. 창고 안은 여전히 불안했다. 왕할머니 외에 택배 아저씨도 경계 대상 일호였다. 무시로 창고 문을 벌컥벌컥 열 때마다 나비는 심장이 바깥으로 튀어나갈 듯했다.

"지난번과 같은 사고를 당하지 않으려면 안심하고 아기를 낳을 장소를 찾아야 해."

나비에겐 사방이 적이었다. 왕할머니는 수시로 창고 출입문을 막아섰고, 노랑수고양이는 대장이 되었지만 언제 또 서열이 바뀔지 몰랐다. 창고 안 정화조 뚜껑 위에 앉아 유심히 살피던 중 나비 몸 하나 겨우 들어갈 틈이 보였다. 나비는 그 틈새로 내려가 보았다. 정화조 뚜껑만 한 공간이 나왔다.

"이곳에 이런 공간이 있을 줄이야. 보금자리를 찾았어!"

그곳은 화장실 냄새가 진동했지만 새끼들을 기르기엔 안성맞춤이었다. 그때였다.

"쿵쿵쿵!"

머리 위에서 발소리가 울렸다. 소리가 창고 쪽으로 가까워왔다. 나비는 온 신경을 머리 위에 집중을 했다. 택배 아저씨가 정화조 뚜껑을 열리 만무했지만 나비는 불안했다. 택배 아저씨는 창고 문을 열고 누군가와 통화를 하고 있었다.

"아, 네. 첫 번째 창고에 두겠습니다."

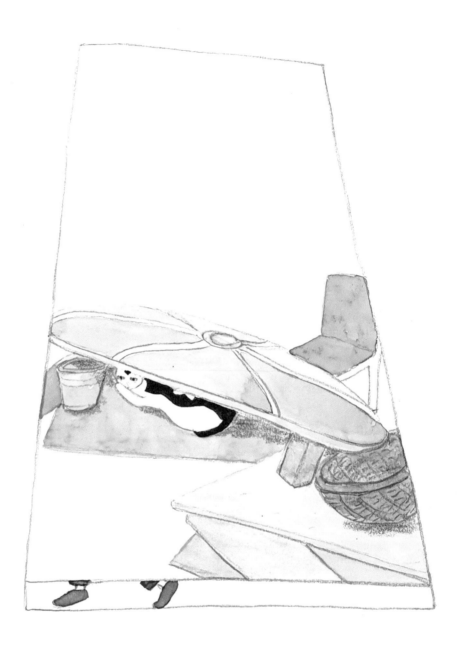

빈 창고 안이 크게 울렸다.

"쿵!"

물건이 바닥에 떨어지는 진동에 정화조 뚜껑이 부르르 떨렸다. 쾅하고 문 닫히는 소리와 함께 저벅저벅 발소리가 멀어졌다.

"휴우! 완벽해!"

의도치 않게 택배 아저씨 덕분에 은신처에 대한 모의실험을 하게 된 나비는 정화조 뚜껑 아래를 출산 장소로 정했다. 보아 이모가 보는 앞에서 창고 문 밑으로 드나드는 시범을 보였다. 이번에도 보아 이모는 나비의 행동을 금방 읽었다.

"창고 문 밑으로 드나들겠다고? 출입문을 막아 달라는 거지? 알았어, 지금 당장 창고 문 잠글게."

나비는 단번에 알아듣는 보아 이모가 고마워 가르릉 소리를 냈다.

추석 다음 날이었다. 보아 이모가 일어나기에는 이른 시간이었다. 정화조 뚜껑 틈을 지나 창고로, 다시 창고 문 밑으로, 마당까지, 이중삼중의 틈을 빠져나온 나비는 흘깃 왕할머니네 현관부터 살폈다.

"밥 먹을 고양!"

"왜 이렇게 일찍 깨웠니?"

늦게까지 책을 읽다 새벽녘에 잠이든 보아 이모가 눈살을 찌푸리며 물었다. 나비가 앞을 왔다 갔다 했다.

"어머! 너, 아기 낳았구나."

보아 이모 목소리에 반가움 반 걱정 반이 섞였다.

"아참, 내 정신 좀 봐. 밥을 줘야지."

보아 이모는 부엌으로 내달렸다. 또 다른 새 생명을 맞이하느라 첫 번째 새끼를 맞던 때와 똑같이 다리가 후들거리고 심장이 콩닥거렸다. 잠시 후 멸치 된장국을 주며 새끼들 앞날 걱정에 목덜미를 쓰다듬었다.

"나비야 아기를 낳았을 때는 무른 것을 먹어야 해. 딱딱한 것을 먹으면 나중에 이빨을 못 쓰게 되거든. 그리고 네 새끼 다시는 보여 달라고 안 할게, 안심해라."

첫 번째 새끼를 모두 잃은 후 곁조차 주지 않던 나비가 가르릉 소리로 친밀감을 표했다. 나비는 아무리 배가 고파도 허겁지겁 먹는 법이 없다.

"나비야! 나는 말이야, 아기를 낳고 미역국 끓여 줄 사람이 없어서 얼마나 슬펐는지 아니? 너는 아무 걱정 말고 많이 먹으렴."

가슴 저 밑바닥에 꼭꼭 숨겨 두었던 추억을 꺼내는 보아 이모 눈에 눈물이 그렁했다.

5. 정화조 뚜껑 아래서의 행복

나비가 새끼를 낳은 후 창고 문에 이런 글이 붙었다.

"이 창고 문은 절대 열지 마세요. 고양이가 새끼를 낳았습니다. 택배는 두 번째 창고에!"

왕할머니는 글을 몰라서 글자와 상관없이 행동했지만 택배 아저씨들은 글이 붙어 있는데도 창고 문부터 열었다. 무심코 한 행동이 누군가의 심장을 얼어붙게 만든다는 걸 짐작조차 할 수 없이 그들은 바빴다.

새끼들은 한 달 보름 사이에 털북숭이 옷을 벗고 새 옷으로 갈아입었다. 토실하게 살이 올라 세상에서 가장 귀여운 모습이었다. 몸이 자라는 속도만큼 바깥에 대한 호기심도 컸다. 정화조 뚜껑 틈으로 발가락을 내밀기도 하고 분홍 코를 발름거리기도 했다.

새끼들이 커 갈수록 정화조 뚜껑 안은 비좁았다. 섣불리 새끼들을 데리고 바깥으로 나갈 수도 없는 나비는 고민이 깊었다. 왕할머니만 나비의 일거수일투족을 감시하고 있는 게 아니었다. 패장이 되었지만 까만수고양이도 수시로 찾아와 새끼들을 위협했다. 나비가 인정사정없이 나무랄 때만 물러서는 척하다가 다시 오길 반복했다. 살벌한 바깥 사정을 알 리 없는 철없는 새끼들은 매일같이 졸랐다.

"엄마, 여긴 답답해요."

한 번 바깥바람을 쏘이고 나면 냄새나고 비좁은 정화조 뚜껑 안으로는 다시는 돌아오지 않을 것이란 걸 나비는 안다. 그렇다고 언제까지 정화조 뚜껑 안에서만 지낼 수도 없는 노릇이었다. 다섯 식구가 앉으니 정화조 둘레까지 꽉 찼다. 새끼들은 화단의 꽃나무들처럼 서로 어깨를 오므리거나 발가락을 덧대며 앉을자리를 만들었다. 나비는 오랜 고민 끝에 내린 결정이라 차분한 음성으로 말을 꺼냈다.

"오늘 마당으로 첫나들이를 할 거예요. 지금부터 몇 가지 주의
  사항을 말할 테니까 귀에 꼭 담아 두도록 해요."

"예, 엄마! 아이 신난다."

새끼들은 한목소리로 대답했다. 바깥에 나가고 싶은 열망이

합창이 되어 동시에 터져 나온 거였다. 잠시 동안 비좁은 정화조 뚜껑 안이 생기로 술렁였다. 나비는 이목을 집중시키려고 검지를 입술에 댔다. 새끼들도 따라 하며 호기심 반 기대 반이 담긴 눈으로 바라보았다.

"첫 번째로 조심해야 할 것은 사람이에요."

"사람?"

새끼들은 귀를 쫑긋 세우고 눈빛을 교환하며 작은 소리로 되받았다.

"그래, 사람은 자기들이 지구에 주인인 줄 알거든. 긴 뒷다리로 일어서고 앞다리를 세차게 흔들면서 걷는 동물이야. 그중에서 특히 왕할머니를 조심해야 해요. 만나면 자동차보다 더 빨리 달아나야 돼요. 위험이 사라졌을 때 아무도 모르게 정화조 뚜껑 안으로 돌아오는 거야, 알겠니?"

은하마을 A612-614에 온 날부터 쫓기며 산 나비라서 자동차보다 더 빨리 달아나라는 말에 힘을 실었다.

"네, 엄마. 그런데 왕할머니는 왜 우리를 싫어하나요?"

"글쎄. 우리를 싫어하는 이도 있지만 좋아하는 사람들도 있단다. 고독하거나 외로운 사람들이지. 왕할머니도 외롭고 고독하긴 마찬가진데……언젠가는 좋아하시겠지."

"고독? 외로움이 뭘까?"

새끼들이 눈을 끄먹거렸다.

"자기 안에 있는 절망과 싸우는 것을 말하지. 더 자라면 자연스레 알게 될 거야. 두 번째로 조심해야 할 것은 자동차란다."

"엄마는 왕할머니를 만나면 자동차보다 더 빨리 달아나라고 했는데, 자동차가 뭐예요?"

"방귀를 붕붕 뀌면서 네 발로 달리는 게 있어. 달리기 위해 태어났기 때문에 속도에 부딪히면 큰일 나요!"

막내가 조그만 두 손으로 얼굴을 감쌌다. 나비는 바깥으로 나가야 하는 일이 눈앞에 닥친 만큼 막내를 살피며 말을 이었다.

"세 번째로 조심해야 할 것은 개란다. 개는 조상 때부터 우리와 사이가 안 좋았지."

나비 말에 새끼들 보드라운 털이 파르르 떨렸다.

"개는 어떻게 생겼나요?"

"우리와 비슷한데 인간인 척하는 데다 주인만 보면 꼬리를 사정없이 흔들어대지."

새끼들이 제 꼬리를 흔드는 시늉을 했다. 나비는 빙그레 웃으며 말을 이었다.

"먹이사슬의 최상위에 있는 인간도 한때는 덩치 큰 동물들에게 쫓기는 신세였어. 늑대보다도 서열이 낮았으니까. 어느 날 늑대는 인간이 던져주는 먹이를 받아먹고 복종을 선언하고 만 거야. 그날부터 우리 동물들이 업신여김을 받게 되었지. 그 때문에 늑대의 자손인 개와 눈표범의 후손인 우리는 원수가 된 거야.

"원수?"

새끼들이 다시 한목소리를 냈다.

"그래, 우리가 쥐에게 그랬던 것처럼."

정화조 뚜껑 안이 점점 무거운 공기에 둘러싸이는 것 같았다.

"마지막으로 조심해야 할 것은 동족이야. 아빠 외의 수고양이를 믿으면 안 돼요."

"엄마, 사람들은 무리 지어 사는데, 우리는 왜 아빠 외에 수고양이를 믿으면 안 되나요?"

"인간은 목숨을 위해서 무리를 지어 살지만, 우리는 자유와 야성을 위해 각자 산단다. 수고양이들이 너희들을 엄마와 살 수 없게 만드는 까닭이기도 하지."

"아빠가 그래서 우리 곁에 안 오시는구나!"

셋째가 서운한 표정을 지었다.

"자유로워지면 뭐든지 할 수 있어. 자유 중에서도 고독한 자유를 말하지."

"고독한 자유?"

새끼들은 점점 알아들을 수 없다는 듯 고개를 갸웃거렸다.

"세상에 대해 눈뜨는 날이 오면 알 수 있을 거야. 자기 삶을 주도적으로 살지 않으면 지구별 생명 여행의 의미가 사라진다는 뜻이지."

나비는 새끼들에게 인간과 자동차, 개, 심지어 동족에게까지 쫓기는 험난한 지구살이에 대한 말을 마치고 당부를 잊지 않았다.

"우리는 눈표범의 기질을 갖고 태어났으니 비굴하게 굴면 안 돼요. 아무도 우리를 길들일 수는 없어요. 누가 뭐래도 자기 삶의 주인공으로 사는 거야. 명심하고 도도하게 살기로 약속!"

궁금증과 두려움이 교차하는 얼굴로 새끼들이 손가락을 내밀었다.

"고독한 자유와 도도하기로 약속."

나비는 불안을 털어 주기라도 하듯 새끼들을 그윽한 눈으로 바라보며 일일이 머리를 쓰다듬어 주었다.

십이월 밤공기가 얼음장처럼 찼다. 마당에는 은색 달빛이 뿌려졌다. 꽃나무들은 몇 장 남지 않은 잎을 깔았다. 맨 먼저 나비가 나오고 둘째가 나왔다. 셋째, 넷째가 뒤를 이었다. 동생들이 마당으로 나가는 걸 돕느라 마지막에 첫째가 나왔다.

매운 공기가 코끝에 찡하니 와 닿았다. 분홍 코가 금세 빨개졌다. 새끼들은 한동안 어리둥절했다. 한 달 보름 동안 정화조 뚜껑 크기만 살아서 탁 트인 마당이 우주만큼이나 넓고 커 보였다.

"엄마, 세상은 엄청 넓고 크네요!"

호기심이 많은 둘째가 먼저 화단으로 뛰어드는 시범을 보였다. 새끼들은 모든 게 신기했다. 나비의 감독 아래 마당을 탐험했다. 간혹 오토바이가 고막을 찢을 듯 굉음을 내며 골목을 질주할 때면 화들짝 놀라서 흩어졌다가 다시 모였다.

"내 등을 타고 어깨에 올라 골목 바깥에 있는 더 큰 세상을 구경하렴."

화단의 나무들이 등을 내밀었다. 밤중까지 책을 읽던 보아 이모는 밖에서 나는 작은 소란에 이마를 유리창에 대고 내다보았다.

"어머나, 세상에!"

짤막한 탄성을 질렀다. 풍경은 달빛과 함께여서 고즈넉했다. 꽃나무들은 등을 내주고 새끼들은 호기심이 잔뜩 서린 몸짓으로 화단이라는 신세계를 탐험하느라 정신이 없었다. 그것은 한 폭의 그림이었다. 보아 이모는 그 화폭 속으로 들고 싶어 살그머니 마당으로 나갔다. 새끼들이 놀라서 순식간에 꽃나무 뒤에 숨었다.

"괴물이야! 이상하게 생겼어?."

"사람인가 봐. 앞다리를 흔들며 긴 뒷다리로 걷잖아!"

"응, 그런가 봐. 분명 발 두 개로 걸었어!"

"얼굴이 매끈해. 몸에 이상한 것을 입었어!"

새끼들은 보아 이모를 두고 눈을 동그랗게 뜨고 소곤댔다. 한참을 있어도 나비가 가만히 있자 안심하며 놀이에 집중했다.

"언제까지나 저렇게 마음 놓고 놀 수 있으면 좋겠다. 그치?"

나비는 겨드랑이에 양팔을 깊숙이 묻고 보아 이모 말을 들었다. 새끼들은 털 빛깔만큼이나 성격이 달랐다. 첫째는 말괄량이였다. 앵두나무에 서둘러 오르다 몇 번이나 엉덩방아를 찧었다. 그 모습을 보던 셋째가 꽃향기를 토하듯 까르르 웃었다.

"우와, 골목 바깥은 끝도 없이 커. 온갖 비명들로 가득 찬 것 같아."

둘째가 겨우 앵두나무에 올라가 골목을 내다보며 소리쳤다. 피자와 통닭을 나르느라 질주하는 오토바이 소리에 깜짝깜짝 놀라 한 말이었다. 새끼들은 신비한 발명품을 발견한 것처럼 화단과 마당을 휘젓고 다녔다. 보아 이모는 나비에게 길고양이 이름을 준 것에 대한 보상 차원에서 새끼들에게 이름을 지어 주기로 했다.

첫째는 몸이 태양 빛이고 등에 흰 별무늬가 있어 태양이라고 지었다. 둘째는 호기심이 많아 언제나 앞에서 이끌었다. 앵두나무에서 목련나무로, 담장으로, 조그만 손을 가지처럼 뻗으면서 옮겨 다녔다. 몸이 회색빛이고 등에 노랑 별무늬가 있어 우주라고 지었다. 셋째는 얌전하면서도 이성적이었다. 몸이 희고 등에 황금 별무늬가 있어 귀티를 더했다. 태산이라고 불렀다. 막내는 소심하면서도 순했다. 몸은 회색이었고 목에 흰 별 은별 무늬가 있었다. 남매들 중에서 덩치가 가장 작았고 겁도 많았다. 다른 새끼들이 목련 어깨에 앉아 바깥을 구경하는데도 보아 이모 때문에 가까이 오지 못하고 나비 주변만 맴돌았다. 강산이라고 했다.

"나비야, 하늘과 땅이 순환한다는 의미로 네 새끼들 이름을 지었어. 마음에 드니?"

보아 이모 물음에 나비는 시멘트 바닥에 코를 박고 땅기운을 음미하는 듯이 숨을 들이마셨다.

새끼들은 그날 밤 이름을 받고 새벽이 되어서야 창고로 돌아갔다. 한번 쐰 바깥바람의 유혹은 강렬했다. 그날 이후 새끼들은 누가 이끌지 않아도 밤이면 자연스레 마당으로 나왔다. 예전의 얌전하던 새끼들이 아니었다. 정화조 뚜껑 안으로 내려가지 않았다. 창고 안 모래 변기통은 분뇨 통이자 놀이터가 되었다. 그들만의 천국이었던 정화조 뚜껑 안은 잊은 듯했다.

6. 이상한 사람들

"나비야, 간식 먹자."

창고 문 앞에서 보아 이모가 불렀다. 고소한 참치 냄새가 문틈으로 스몄다.

"아, 맛있는 냄새. 먹고 싶어."

"낮에는 안 돼요. 나가면 위험해요. 여기서 기다리세요."

입맛을 쩝쩝거리는 새끼들을 타이르고 나비는 혼자 마당으로 나갔다.

새끼들은 첫 외출 때 잠깐 본 보아 이모에 대한 궁금증이 일었다.

"사람들은 우리들처럼 머리를 땅으로 향하는 것이 아니라 하늘에 두고 있었어. 참 이상하다, 그치?"

제법 또랑또랑한 목소리였다. 그때 고소한 냄새를 풍기며 나비가 돌아왔다. 새끼들이 쪼르르 주위로 몰렸다.

"엄마! 우리는 발 네 개로 걷는데 사람은 왜 긴 발 두 개로 걷죠?"

"사람들은 행복이 먼 데 있다고 믿어서 그래. 머리를 높이 두느라 뒷다리가 길어졌지."

"땅에 사는데 왜 높은 곳에 행복이 있다고 믿나요?"

"지구별 여행자들은 우주를 떠나올 때 두 눈에 별을 담아 온단다. 그것을 꿈이라고 하지. 그 별은 자신만이 빛낼 수가 있거든. 그걸 잊어버리고 높은 곳만 바라기를 해서 그렇게 되었단다."

"그럼 마당에 있는 꽃나무들도 높은 곳에 있는 행복 때문에 머리를 하늘에 둔 건가요?"

"나무는 뿌리를 위해서지. 어린 뿌리들이 새로운 세상을 탐험하기 위해 날마다 여행을 떠나거든."

새끼들은 고개를 끄덕였다.

"보아 이모는 우리를 좋아하나요?"

"나를 만나기 전에는 싫었대. 눈이 무서웠다는구나. 지금은 눈속에 천 마디의 말보다 더한 감정이 담겨 있어서 좋다네."

"헤헤."

새끼들은 안심이 된다는 듯 웃으며 주먹으로 마른 입술을 훔

쳤다.

"그래도 보아 이모랑 친하면 안 돼요. 인간은 예측할 수 없는 행동을 하기 때문이야. 그리고 길들여지면 자유를 포기해야 하거든. 사람의 양팔 길이만큼만 안전거리를 유지하면 된단다."

"엄마가 보아 이모에게 왜 목덜미를 못 만지게 하는지 이제야 알겠어요."

"그것은 안전보다는 아기 때의 무서운 기억 때문이야. 지금도 그 무시무시한 동물병원을 생각하면 몸서리가 쳐진단다. 사람 손이 닿으면 그때가 떠올랐어."

나비는 아기 때 갔던 새나라동물병원을 생각했다. 스무 개 남짓한 철창이 있었는데 빈 곳이 하나도 없었다. 유기동물이 들어오면 철창 안에 있던 동물 중에서 한 마리가 끌려 나갔다. 그날도 불도그가 들어오고 나서 나비 바로 옆 철창에 있던 푸들이 끌려 나갔다. 모두들 푸들이 어디로 가는지 알았다.

"나 때문에 푸들이……."

"왕왕 웩웩 컹컹"

불도그 말에 동물들은 오줌을 지리면서 푸들을 끌고 간 사람을 향해 야유를 퍼부었다. 불도그는 가랑머리 남자와 삼 년을 껴안고 뒹굴며 살았다고 했다. 이사를 가면서 다른 집에 가서 설움 받고 사느니 안락사를 시키는 편이 낫다는 판단을 한 남자가 불도그를 유기견이라고 속인거라고 했다. 나비는 그날부터 보아 이모를 믿지 않기로 마음먹었다.

일 년 중 밤이 가장 긴 날을 보낸 아침이었다. 햇살이 마당에 금가루를 뿌린 듯했다. 보아 이모는 청소를 하기 위해 창문을 열다 말고 멈칫했다. 왕할머니가 똥과 흙을 퍼서 담장 너머로 흩뿌리고 있었다.

"우리 집에 세 들어 사는 시추만도 못한 것들한테 와 밥을 주

노 말이다. 집도 못 지키고 밥만 축내는 것들인데. 저것들이 일
년에 새끼를 몇 마리나 낳는지 아요? 그 수를 우째 감당할라꼬
그라요, 앙!"

왕할머니는 텃밭에 있는 흙을 모두 퍼 넘길 것처럼 굴었다. 어
젯밤에 새끼들이 텃밭에 간 게 아니었다. 나비가 똥을 누고 덮지
않고 온 거였다. 새끼들이 처음 마당으로 나온 날부터 보아 이모
마음은 캄캄했다. 무슨 수를 써서라도 새끼들이 텃밭으로 가는
것을 막아야 했다. 그러나 그것은 이제 시간 문제가 되어 있었다.

보아 이모는 사방으로 튄 흙과 똥을 쓸고 나서 집을 나섰다. 나
비네가 텃밭에 가지 않는 방법을 찾느라 철물점 공구상회를 기웃
거리며 다녔다. 한참 만에 철망을 발견했다.

"텃밭에 이걸 치면 될 것을, 왜 진즉 그 생각을 못했지?"

보아 이모 얼굴에 미소가 번졌다. 왕할머니 집 현관문 앞으로
단숨에 달려갔다.

"똑똑!"

"눈교?"

"할머니, 뒷집인데요."

"……?"

왕할머니는 눈 코 입만 보일 만큼 현관문을 열었다.

"할머니, 텃밭에 철망을 치면 될 것 같아서요."

보아 이모가 모처럼 생글거리며 말했다.

"지끔 뭐라 캤는교? 그 좁은 터에 뭐를 한다꼬? 성가셔서 우째 들락거리라꼬. 치아라 마."

현관문이 쾅하고 닫혔다. 보아 이모는 머쓱해서 돌아섰다. 궁리 끝에 동물보호단체에 전화를 했다.

"고양이는 물을 싫어하니 분수를 설치하면 돼요."

솔깃한 대답이었다. 보아 이모는 다시 왕할머니네로 뛰었다. 이번에도 왕할머니는 문고리를 움켜잡고 안전 고리 사이로 눈 코 입만 내밀었다.

"와, 또?"

"할머니, 고양이는 물을 싫어하니 텃밭에 분수를 설치하면 된 다네요. 물은 저희 집에서 끌어다가……."

"이기 무신 소리고. 와이라요? 내가 와 당신네 수돗물을 끌어 다 분수를 맹글고 지랄이고? 고양이 밥 안 주마 고만 아이가! 가라 마."

두 번씩이나 찾아가 오히려 화만 돋운 격이었다.

"와 내를 이래 괴롭히노. 앙, 내 터에 와서 똥만 안 누모 내가 와 이카겠노. 당장 안 갖다 버리나, 응?"

왕할머니는 더는 참을 수가 없다는 듯 현관문을 밀치고 나왔 다. 눈에서 화산이 끓었다. 막대기로 지구를 탕탕 두들기며 고래 고래 소리쳤다. 왁자한 소리에 사람들이 몰려와 빙 둘러 서서 구경을 했다. 보아 이모는 부끄러웠다. 다시는 나비에게 밥을 주지 않겠다는 속다짐을 했다.

며칠 동안 은하마을 A612-614이 잠잠했다. 나비는 힘없이 현관 앞에서 배고픔을 견뎠다. 하루 이틀 사흘……. 애당초 목숨을 쥐락펴락하는 밥 가지고 겨루기를 하는 게 아니었다. 이번에도 보아 이모가 졌다. 나비가 새끼들 젖을 먹이는 동안은 굶겨서는 안 된다는 게 이유였다.

7. 강촌 동물분양소

일은 벌어지고 말았다. 새끼들이 기어이 텃밭을 찾아내었다. 왕할머니의 고함 소리가 달팽이관처럼 깊은 골목을 쩌렁쩌렁 울렸다.

"대체 우짤라꼬 이라요. 쥐이삘 놈의 새끼들. 내 밭을 깡그리 뭉개 놨네, 지끔 당장 갖다 버리지 않으면 내 손으로 버릴 끼다."

"덜커덩 덜커덩!"

보아 이모네 녹슨 대문이 마구 흔들렸다. 그 바람에 서른 해 묵은 시뻘건 녹이 뚝뚝 떨어졌다. 나비는 재빨리 새끼들을 데리고 정화조 뚜껑 안으로 피했다. 창고 안 밥통, 물통, 모래통을 왕할머니가 마당으로 내동댕이쳤다.

횟집을 하는 박 씨와 통닭집을 하는 유 씨도 한때는 길고양이에게 생선과 통닭을 나누어 주던 사람들이다. 왕할머니에게 들켜된통 혼난 뒤로는 음식을 죄다 음식물 쓰레기통에 버렸다.

어젯밤이었다. 나비는 새끼들 먹이를 구하려고 횟집 앞에서 서성거렸다.

"왕할머니 때문에 안 돼."

박 씨가 손사래를 쳤다.

"새끼들이 장차 길에서 살아가려면 거리 음식을 먹는 습관을 들여야 하는 고양."

나비 말에 박 씨가 하는 수 없다는 듯 장어 새끼 한 마리를 건져 주었다.

그 시각, 주변 탐색을 끝낸 강산이가 텃밭을 발견했다. 강산이는 그곳이 무척 마음에 들었다. 고향 냄새가 물씬 풍기는 곳이었다. 쪼그리고 앉아 밤하늘에 반짝이는 수만 개의 별을 올려다보며 소리쳤다.

"형, 누나! 이리 와 봐. 멋진 곳을 찾았어."

"어디, 어디?"

새끼들이 우르르 텃밭으로 몰려갔다. 텃밭에는 나비 냄새가 흠뻑 서려 있어 편안했다. 겨울이라 텃밭은 텅 비어 있었다. 맘껏

나뒹굴며 천방지축으로 날뛰었다. 새끼들이 뛰어다닐 때마다 꽃 잎 같은 발도장들이 텃밭을 수놓았다.

그날 밤 텃밭 탐색을 끝낸 새끼들은 나비가 가져온 장어로 사냥 연습을 했다. 앞발로 건드렸다가 꿈틀거리면 물러났다. 신비롭고 행복했던 밤이 뒷날 그토록 큰 파장을 몰고 올 줄은 꿈에도 몰랐다.

"한 마리만 와도 텃밭이 온통 똥밭인데 새끼 네 마리가 웬고. 다 잡아다가 버리기 전에는 안 갈 끼다."

왕할머니는 새끼들을 본 이상 물러설 수 없었다.

"할머니! 방법을 찾아보겠습니다."

"안 된다. 지금 당장 갖다 버리소. 맨날 밥 안 준다는 거짓말만 하고. 늙은이를 속여도 분수가 있지. 저 다섯 마리가 열 마리가 되는 건 순간이오. 개도 아니고 고양이한테 와 정을 주노 말이다. 당장 버리지 않으면 이 집에서 안 갈 끼다."

사정하는 보아 이모를 왕할머니가 인정사정없이 몰아세웠다. 결국 오늘 안으로 어디든 보내겠다는 약속을 받고 나서 왕할머니는 물러났다.

보아 이모는 거리로 나섰다. 길에 나비네가 살 만한 집이 있을 리 만무했다. 절박하면 보이는 것일까? 그 거리를 수도 없이 다

넜는데도 그곳에 애견호텔과 강촌동물분양소가 있다는 사실을
보아 이모는 몰랐다. 집에서 그다지 멀지 않은 곳이었다. 다급한
마음에 애견호텔부터 들어갔다.

"여기 고양이 맡기는데 얼만가요?"

"하루 삼만 원입니다."

나비네가 다섯 식구니 하루에 십오만 원이었다. 보아 이모는
힘없이 돌아섰다. 잠시 뒤 강촌동물분양소 앞에 서 있었다. 새끼
강아지들이 유리통에서 낑낑대며 유리문을 박박 긁어댔다.

"여기에 맡길 수 있다면 얼마나 좋을까. 집 가까우니 수시로
　보러 올 수도 있고. 그런데 한 마리도 아니고 다섯 마리나 되는
　대식구를 누가 받아줄까?"

보아 이모는 한참을 망설이다 안으로 들어갔다. 강촌동물분양
소 안에는 눈이 휘둥그레질 정도로 많은 놀이기구와 철창과 먹이
가 있었다. 파란색 가운을 입은 사십대 중반의 여자가 다가왔다.

"강아지 분양받으시게요?"

가운에 '백시해'라고 적힌 명찰이 달려 있었다.

"저어, 길고양이 새끼들은 안 받나요?"

머뭇대며 보아 이모가 물었다.

"길고양이는 없는데, 쟤는 어때요?"

백 씨가 바구니에 담긴 페르시안 고양이를 가리켰다. 길고양

이는 안 받느냐고 한 것을 안 파느냐로 들은 모양이었다.

"그게 아니라, 한 달 전에 고양이가 새끼를 낳았어요. 앞집 할머니 텃밭에 가서 자꾸 똥을 누는 바람에…여기 좀 맡길까 해서……."

백 씨가 뜨악한 표정을 지었다.

"집안에서 키우려 해도 다섯 마리를 감당할 수가 없어서요. 젖 뗄 때까지만 맡아 주시면……. 새끼들이 분양되면 어미는 데리고 가겠습니다."

"사정은 딱합니다만, 여기는 비싼 애들뿐이라서요."

"그동안 안 해 본 짓이 없어요. 텃밭에 철망을 해 드리겠다, 분수를 만들어 드리겠다, 온갖 권유를 다해 보았지만……. 오늘 중으로 다른 곳에 보내지 않으면 당신이 버린다고 저러시니"

보아 이모는 울상이 되었다.

"맡아만 주신다면 제가 자주 와서 먹이 주는 일, 변기통 치우는 일을 도울게요. 사장님은 새끼들 분양을 신경 써 주시면……."

보아 이모는 그간의 사정을 이야기하다 말고 울컥해서 몇 번이나 말을 멈추었다.

"그게……음, 태어난 지 얼마나 되었지요?"

딱해 보였던지 백 씨가 반응을 보였다.

"한 달 보름 정도 되었습니다."

"애착이 형성되는 시기네요. 곧 젖을 떼겠는데……. 좋은 가정
에 분양만 된다면 그보다 좋을 수 없겠지만. 길고양이 분양은
처음인데 한번 해 볼게요."

"정말요? 고맙습니다. 정말 고맙습니다."

보아 이모는 몇 번이나 고개를 꾸벅거렸다. 철장 두 개를 사서
이은 다음 출입구에서 먼 구석에 놓았다. 나비네 집이 완성되자
백 씨가 서둘렀다.

"계속 쫓기다 보면 어미와의 애착 관계에서 벗어나지 못할 수
도 있어요. 그렇게 되면 대부분 분양이 되어도 파양이 되지요.
얼른 데리고 오세요."

이제 나비에게 있어서 지구에서 가장 무서운 사람은 보아 이모
였다. 하루 종일 쫓고 쫓겼다. 뿔뿔이 흩어졌던 나비네 식구가 정
화조 뚜껑 안으로 모인 건 밤중이었다. 시리우스별이 눈물을 떨
구는지 비가 왔다. 모처럼 비명이 아닌 자연의 소리가 넘쳐나는
밤이었다. 비는 마당을 적시고 골목을 적시고 잠들지 못하는 마
음을 적셨다.

보아 이모마저 믿을 수 없게 된 지구별이 나비는 슬펐다. 낮에
본 보아 이모는 딴 사람이었다. 붙잡지 못해서 안달이었다. 그동

안 감응하고 교감한 시간들을 되돌릴 수 있다면.

첫 새끼를 잃었을 때와 같은 비극을 되풀이하고 싶지 않은 나비는 보아 이모를 떠나기로 마음먹었다. 전라도와 강원도엔 비대신 눈이 온다고 했다. 까만수고양이도 잠이 들었는지 기척이 없었다. 나비는 새끼들을 데리고 정화조 뚜껑을 빠져나왔다. 고양이 발자국 같은 비 꽃이 수도 없이 물웅덩이에서 피고 졌다. 붉은 여우 미용실 앞을 지났다. 허허벌판 같은 거리였다.

"어디로 가야 하나?"

막막했다. 가로등 밑을 지났다. 빗물에 등이 시렸다. 어제 아침까지만 해도 천방지축으로 날뛰던 새끼들도 고개를 푹 숙이고 따랐다. 골목을 나와 큰길로 갔다. 은하주민센터 간판 불빛이 허황하게 빛났다. 나비는 망망대해를 떠도는 기분이었다. 두려움과 살을 에는 추위가 살갗을 파고들었다. 그동안 집에서 오십 미터 이상을 떠나본 적이 없었다. 대로변까지 갔다.

"저 길 건너엔 안전지대가 있을까?"

찻길로 내려서는데 자동차가 굉음을 내며 급정거를 했다.

"길고양이 새끼가 죽으려고 환장을 했나?"

나비는 숨이 멎을 듯 놀라 다리가 후들거렸다. 새끼들이 으앙, 하고 울음을 터뜨렸다.

"인간도 우리와 똑같은 지구별 여행자들인데, 우리에게 스티로폼 상자만 한 땅뙈기도 주지 않겠다니……."

집, 땅, 차를 사기 위해 평생을 몸 바치는 인간과 달리 먹고 자는 문제만 해결하면 된다고 생각해서 떠나온 여행이었다. 우주에서 보면 아름답기만 하던 파란 별이 이토록 삭막한 곳일 줄은 몰랐다.

"이럴 줄 알았더라면 지구별 여행을 오지 않는 것인데……."

나비는 젖도 떼지 않은 새끼들과 사 차선 도로를 넘을 생각을 하니 아득했다. 왔던 길로 돌아설 수밖에 없었다. 좁고 깊은 골목을 향해 돌아섰다. 붉은여우 미용실 앞에 승용차가 멎는 게 보였다.

"오늘 밤은 저 자동차 아래서 자고, 다음 일은 내일 생각할 고양."

나비가 자동차 밑으로 들어가려 하자 새끼들이 놀란 눈으로 쳐다봤다.

"어서 들어오렴. 움직이지 않으면 괜찮아. 언제 움직일지 모르니, 항상 귀를 쫑긋 세우고 있어야 해요."

새끼들 머리와 코에 시꺼먼 기름이 잔뜩 묻었다. 나비는 혀로 깨끗이 닦아주며 젖을 물렸다. 노랑수고양이가 소식을 듣고 득달같이 달려왔다. 떠날 수밖에 없는 처지에 놓인 나비를 위로하며 신음과도 같은 한숨을 뱉었다.

"어디든 안전한 곳은 없어요. 어제는 덫에 손발이 묶인 채 쓰레기 봉지에 버려진 이웃을 봤소. 며칠 전에는 시골 장터로 얼룩이 가족이 끌려갔고……."

노랑수고양이는 핼쑥한 얼굴로 웅얼거렸다.

"그나마 안전한 곳이 보아 이모네 정화조 뚜껑 안인데……. 가장 위험한 곳이 가장 안전한 곳이기도 하지. 보아 이모만 내버려 둔다면 우리 스스로 해결할 텐데. 왕할머니가 염려하는 고양이 숫자는 자연이 알아서 할 일이고. 우리가 바라는 긴 오로지 고독한 자유뿐!"

"혹시 내게 일이 생기면 새 여왕을 뽑도록 하세요. 사바나에 여왕이 없으면 자연이라는 거대한 질서가 무너지고 말아요."

나비가 그렁한 눈으로 노랑수고양이의 눈물이 가득한 눈을 마주보았다. 노랑수고양이는 캄캄한 심정으로 새끼들 머리를 쓰다듬었다.

승용차 엔진은 쇠붙이라 열기가 금방 식었다. 나비는 추위에 벌벌 떨었다. 새끼들이 감기에 걸릴까 염려되어 보아 이모네 정화조 뚜껑 안으로 다시 갔다. 거기도 쇠붙이라 춥기는 마찬가지였지만 바람을 막아 주어 견딜 만했다. 그날은 모두가 잠들지 못했다. 보아 이모는 강촌동물분양소에 나비네를 맡기느니 집안으로 들일까를 고민하느라 밤을 새웠고, 왕할머니는 하루라는 기한을 넘겨 잠을 설쳤다.

이튿날 멀리서 발그스름한 동이 틀 무렵 구십 센티 안전거리를 두고 보아 이모와 나비가 앉아있었다.

"여기서 쫓기며 살 바에는 새끼들과 함께 강촌동물분양소에서 지내는 게 낫잖니?"

"두 번째 새끼들마저 품에서 떼어내는 슬픔을 다시 겪으라는 고얌!"

나비는 울면서 정화조 뚜껑 안으로 돌아갔다. 햇살이 마당을 황금빛으로 덮은 오전 아홉 시. 왕할머니가 창고 문 앞을 왔다 갔다 했다. 기한이 하루에서 이틀로 넘어가자 협박은 극에 달했다. 옥신각신하는 소리가 정화조 뚜껑 안까지 들렸다. 나비네가 강촌동물분양소로 가야 하는 시간이 시시각각 다가왔다.

저녁때 나비네 다섯 식구는 캐리어에 갇혔다. 모두들 조각 창에 코를 박고 빨간 해가 서녁 하늘을 물들이는 광경을 물끄러미 바라보고 있었다. 자주와 빨강, 보라와 주황이 섞여 오묘하고 신비한 노을꽃을 만들었다.

'지구가 저렇게 아름답다니!'

태산이 말에 나비네 식구들은 하나같이 슬픈 얼굴이 되었다.

그날 삼색고양이는 나비네가 강촌동물분양소로 잡혀 가는 광경을 우연히 보게 되었다. 그 소식은 곧바로 노랑수고양이게 전해졌다.

"대장님, 대장님! 여왕님이 새끼들과 함께 강촌동물분양소로 잡혀갔습니다. 보아 이모가 붙잡아갔습니다."

노랑수고양이의 수염이 파르르 떨렸다. 여왕 자리가 빈다는 것은 자연의 질서에 심각한 영향을 미치는 문제였다. 긴급회의가 소집되었다. 흩어져 있던 고양이들이 쓰레기 분리수거장으로 모였다.

"여기 파란만장하게 살지 않은 고양이가 몇이나 되오? 우리들 힘으로 해결할 수 없는 일이니 보아 이모를 믿고 기다립시다."

말재주가 좋은 황색이었다.

"믿을 사람을 믿으시오. 믿는 도끼에 발등 찍힌다더니, 원."

꼬리가 뭉툭한 검둥이였다.

"진정들 하시오. 이럴 때일수록 지혜를 모아야지요."

머리가 하얗게 센 흰색이가 중재에 나섰다.

"싸우지들 말고 구출할 방법을 찾읍시다."

노랑수고양이가 꾸짖었다.

"구출요? 그러다가 우리도 중성화 수술을 당할 수 있소. 그동안 여왕님은 보아 이모 덕분에 잘 먹고 잘 살지 않았소. 이참에

새로운 여왕을 뽑는 것도 나쁘지 않소."

수염이 몇 개 남지 않은 오렌지가 빈정거렸다. 노랑수고양이
는 심기가 불편해져서 오렌지를 노려봤다.

"암고양이는 대부분 중성화 수술을 당했단 말이오. 현재 여자
는 태어난 지 두 달 된 달리뿐이오. 여왕을 구출해야 하오."

의협심이 강한 회색이었다.

"주변에 여자라고는 아기인 달리뿐이니, 원."

바람기 많은 삼색이가 받았다.

"생쥐를 이용하는 건 어떻소."

새파랗게 젊어 상상력이 뛰어난 얼룩이었다.

"그거 아주 좋은 생각이오."

주황이가 무릎을 탁 쳤다.

발이 빠른 검둥이가 나가더니, 벌벌 떠는 생쥐를 잡아왔다.

"생쥐는 지금 당장 강촌동물분양소에 있는 여왕에게 가서 고
양이 결사대가 구출할 것이라고 전해라. 그리고 여왕이 탈출
할 틈이 있나 살펴보고 오면 살려주겠다."

노랑수고양이의 명령에 생쥐는 강촌동물분양소 앞으로 달려
갔다. 분양소 둘레는 빈틈이라곤 없었다. 가로수 뒤에 숨어 기다
렸다. 할아버지가 손녀 손을 잡고 문을 열 때 재빨리 들어갔다.

"여왕니임, 여왕니임, 고양이 결사대가 와서 여왕님을 구출하

겠답니다."

생쥐가 찍찍거렸다.

"그럴 필요 없다. 나는 보아 이모가 데려가기 전에는 여기서 한 발자국도 나가지 않아. 암컷은 일생동안 새끼만 낳다가 죽는 동물분양소를 자세히 기억해 두었다가 우주로 돌아가는 날, 남극성에 있는 생명의 신에게 낱낱이 이를 것이야."

나비의 위엄 있는 목소리에 놀란 생쥐가 얼른 강촌동물분양소를 나왔다. 생쥐 말을 들은 노랑수고양이는 말이 없었다.

"대장님, 우리 고양이들의 지구별 생명주기 여행은 이십 년인데 인간의 횡포로 삼 년을 못 채웁니다. 언제까지나 여왕을 기다릴 수는 없습니다. 새 여왕을 뽑아야 합니다."

"안됩니다. 구해야 합니다."

회의장은 고성과 삿대질이 난무했다. 구할 생각은 않고 주장만 내세우는 진전 없는 회의가 사흘 동안이나 계속되었다. 노랑수고양이는 고양이 세계에 파벌이 생길 것 같아 서둘러 결론을 내렸다.

"달리가 어른이 되려면 일곱 달을 기다려야 하오. 그때까지 나비 여왕이 돌아오지 않으면 달리가 새 여왕이 되는 것으로 결정하겠소."

"찬성합니다. 찬성합니다."

여왕 구출 작전은 결사대란 거창한 구호만 외치다 싱겁게 끝이
났다.

8. 시련

불행 중 다행인 것은 나비네가 길표라서 한쪽 구석에 내몰려 있는 거였다. 아무도 나비네에게 관심을 두지 않았다. 나비네 옆에는 스핑크스가 살았다. 스핑크스는 사막여우처럼 작은 얼굴에 주름이 많고 귀가 컸다. 옷을 입지 않고 밤낮으로 이불로 몸을 감쌌다. 밤 여덟 시가 되면 백 씨는 나비네와 스핑크스 철창만 이불로 가린 다음 퇴근을 했다.

"아유 답답해. 낮에 철창을 가려 주면 덜 불안할 텐데, 아무도 없는 밤에 가릴 게 뭐람."

태양이가 이불을 걷어차며 투덜댔다. 캄캄한 철창 생활을 견디는 일이란 첫나들이 때를 추억하는 거였다. 그곳은 어느새 옛날이 되어 있었다.

"우리들을 업어 주고, 꽃방석도 깔아 주던 꽃나무들은 잘 있을까?"

태양이 말에 모두들 눈물이 고였다.

"매일 쫓기며 살아도 그때가 좋았어."

"밥 먹는 것 똥 누는 것을 마음 놓고 할 수는 없었지만, 하늘을 볼 수가 있었으니."

"난 지금 쇠사슬로 몸을 칭칭 감고 있는 것 같아."

새끼들은 답답한 심정을 주고받았다. 호기심 많은 우주가 심심해서 못 견디겠다는 듯 이불로 가려진 스핑크스의 철창을 두드렸다.

"E.T 할아버지 안녕하세요? 저는 우주라고 해요."

옆 창살에서 대답이 들렸다.

"오호! 우주, 멋진 이름이구나. 나는 E.T가 아니라 캐나다 스핑크스 룰루라고 해요."

반가움이 섞인 걸걸한 목소리였다.

"스핑크스 할아버지?"

우주가 파릇파릇한 음성으로 대답했다.

"오냐, 그래. 아가야, 내 이름을 불러 주어 고맙구나. 이곳에 온 후로 이름을 잊었어. 여기는 혈통만 중요하지."

"할아버지는 어떻게 여기로 오시게 되었어요?"

"주인이 미국으로 유학을 가는 바람에 맡겨지게 되었지. 삼 년 후 돌아온다는데, 벌써부터 주인이 보고 싶어 못 견디겠구나."

"할아버지는 어디에서 오셨나요?"

이번에는 태양이었다.

"얼굴을 볼 수가 없어 안타깝구나. 내 고향은 안드로메다란다. 캐나다 토론토란 곳으로 지구별 생명 여행을 왔지. 그곳에서 주인을 만나 여기까지 오게 되었단다."

스핑크스는 이불을 젖히며 철창 사이로 먼 곳을 가리켰다.

"이렇게 갇혀 지내게 될 줄은 몰랐구나. 하루를 살아도 자유가 최고지. 너희들은 어디서 왔니?"

"저희들은 시리우스 성좌에서 왔어요. 지구별 생명 여행은 은하마을로 왔고요."

"천랑성에서 왔다고! 오호, 내 이웃 별에서 왔구나. 은하마을은 어떤 곳이니?"

"은쟁반 같은 달과 부드러운 바람과 꽃나무가 있는 곳이죠."

"돌아갈 수 없는 곳은 그리움이 된단다. 그리움 속에 고독과 외로움이 있지."

스핑크스는 지그시 눈을 감고 말했다.

"고독과 외로움, 그게 뭘까? 그런데 할아버지는 왜 발가벗고

계세요?"

태산이가 우주 등 뒤에서 끼어들었다.

"원래 난 아무것도 입지 않아. 옷조차 거추장스러운 걸. 지구별 생명 여행은 빈손으로 왔다가 빈손으로 가는 거야. 주인과 함께 살 땐 따뜻했는데 여긴 이불을 두 겹이나 덮어도 추워."

스핑크스는 이불을 머리끝까지 끌어당기며 이빨을 덜덜 부딪쳤다. 스핑크스는 귀엽고 예쁘고 똑똑한 나비 새끼들이 손자처럼 느껴졌다. 스핑크스의 고향 이야기를 듣는 동안 태양이, 우주, 태산이, 강산이는 철창에 갇힌 후 처음으로 단잠에 빠졌다.

나비네가 강촌동물분양소로 간 지 두 달이 지났다. 보아 이모는 새끼들이 분양되길 바라면서도 한편으로는 분양될까 안달복달이었다. 나비는 자유를 잃은 대신 안전을 얻었다지만 철창은 독 안이었다.

그날은 보아 이모가 다녀간 지 채 오 분도 지나지 않아 대학생 남녀가 강촌동물분양소로 들어갔다.

"여자 친구에게 고양이를 선물하려는데요?"

두꺼운 뿔테 안경을 쓴 남학생이 성큼성큼 다가서며 물었다. 고객 대부분은 강아지를 찾는데, 고양이를 찾는 손님이라 백 씨는 반가웠다. 페르시안 고양이가 분양시기를 넘기고 있었다.

"어머, 얘 눈 좀 봐. 별이 떨어질 것 같아!"

여학생 말에 백 씨가 기다렸다는 듯 페르시안 고양이를 안아 올렸다.

"얘는 혈통이 달라 비싸요."

"얼마예요?"

여학생의 커다란 눈이 보석을 쏟을 듯 반짝였다.

"팔십만 원."

백 씨가 또박또박 대답을 했다. 두 학생의 입이 쩍 벌어졌다.

"팔십만 원? 오빠, 우리 다른 고양이 있나 찾아보자."

여학생이 사방을 두리번거리며 말했다.

"어머, 쟤들 좀 봐. 한 가족인가 봐."

여학생이 구석에 있는 나비네 철창을 가리키며 다가갔다.

"한 마리, 두 마리… 새끼가 네 마리네. 어쩜 하나같이 귀엽고 예쁘고 똑똑하게 생겼어."

"얼굴은 동그랗고 꼬리는 길고, 페르시안 고양이보다 훨씬 잘 생겼다. 그치 오빠?"

그들은 나비네 철창 앞에 쪼그리고 앉아 귀엣말을 주고받았다.

"하악하악!"

태양이와 우주가 입으로 소리를 내며 공격 자세를 취했다. 태산이와 강산이는 숨을 곳을 찾아 좁은 창살 안을 분주히 돌아다녔다.

"아유 귀여워라. 오빠, 얘 파는지 물어보자."

여학생의 검지 손가락이 정확하게 태산이를 가리켰다.

"아참, 내 정신 좀 봐. 깜빡했어요! 얘들은 공짜예요."

백 씨는 보아 이모가 하루에 몇 차례씩 드나드는 바람에 나비네를 맡겨 두었다는 것으로 착각을 했다. 누가 찾으면 분양해 달라고 하던 말이 그제야 생각났다.

"오빠, 우리 애 데리고 가자. 공짜라잖아. 팔십만 원 벌었네."

"애들, 영화 '슈렉'에 나오는 장화 신은 고양이 같지 않아? 아주머니, 쟤 우리 주세요."

백 씨가 장갑 낀 손을 디밀었다. 철창 안은 금세 아수라장이 되었다. 나비가 즉각 방어 자세를 취했지만 우악스러운 손아귀에 간단하게 제지당했다.

"싫어, 싫어! 안 갈래!"

태산이가 발버둥 치며 안간힘을 쓰다 질질 끌려 나갔다. 강산이, 우주, 태양이는 숨을 곳을 찾느라 철창에 머리를 쿵쿵 부딪혔다. 나비의 울부짖음이 강촌동물분양소를 가득 메웠지만, 그 소리는 아무 귀에도 들리지 않았다.

"어휴, 쟤는 재롱은 떨지 않고 울기만 해. 시끄러워서 못살겠네. 정말."

애교를 부릴 줄 알았던 태산이가 장롱 뒤에 숨어 며칠 째 울기만 해서 여학생은 짜증이 났다.

"누나, 낯설어서 그래요. 친해지는데 시간이 필요해요. 마음은 천천히 여는 거예요. 조금만 기다려 주세요. 내가 다가갈 때까지. 흑흑."

사흘 밤낮을 울면서 애원했지만 여학생은 태산이의 말을 알아듣지 못했다. 애완동물은 스스로 다가올 때까지 기다려야 한다는 걸 여학생은 몰랐다. 빨리 친해지고 싶은 욕심에 기다려 주지 않았다. 태산이는 그만 병이 나 버렸다.

"어머, 얘 많이 아픈가 봐. 장롱 뒤에 숨어서 나오지 않더니, 아프니까 나오네. 얼른 강촌동물분양소로 데려고 가야겠어."

여학생이 축 늘어진 태산이를 캐리어에 담았다.

"어머, 얘 감기가 심하네. 주사 놓아줄 테니, 얼른 데리고 나가요. 여기 애들 감기 옮으면 큰일 나니까."

백 씨가 병에 담긴 주사액을 주사기에 담으며 말했다.

강촌분양소에서 태산이가 주사를 맞을 동안 나비는 철창 안을 오갔다. 구석에 있어서 카운터 쪽을 볼 수는 없었지만 여학생의 목소리와 태산이 냄새만은 단번에 알 수 있었다. 백 씨가 잠깐 한눈 판 사이 여학생이 태산이가 든 캐리어를 들고 나비 쪽으로 왔다.

"엄마! 엉엉!"

"태산아!"

각각의 창에 얼굴을 비비며 꺼이꺼이 울었다.

"감기 옮기면 안 된다고 했잖아요, 얼른 나가세요!"

백 씨가 다급하게 소리쳤다.

"태산아, 밤마다 새끼손가락 걸고 한 약속 잊지 마. 다시 만날 장소는 보아 이모네 정화조 뚜껑 안이야. 그곳에서 만나게 될 거야."

멀어져 가는 태산이를 향해 나비가 소리쳤다.

"네, 엄마 꼭 갈게요."

태산이가 울면서 대답했다.

은빛 달님이 화장실 창문을 훤히 비추던 밤이었다. 손바닥만 한 환기용 창은 언제나 반쯤 열려 있었다. 태산이는 보아 이모네 정화조 뚜껑 안에서 만나자는 나비 말을 귀에 담고 미끄러운 타일 벽을 아등바등 올랐다. 오층 높이에서 내려다본 길바닥은 까마득했다. 두려움보다는 용기가 필요했다. 태산이는 자유를 향해 뛰어내렸다.

"풀썩!"

가로수 풀숲에 떨어졌다. 뛰어내리면서 한쪽 다리가 나뭇가지에 걸려 다쳤지만 온 힘을 다해 일어났다. 가로수 길을 따라 절뚝이며 걸었다. 저 멀리에 '은하주민센터' 간판 불빛이 흐릿하게 보였다. 기운이 솟았다.

그 시각 강촌동물분양소에서도 기적이 일어나고 있었다. 태산이가 다녀가고 난 뒤 나비네 식구는 집단으로 병이 났다. 깨끗했던 얼굴이 눈물 콧물로 범벅이 되어 지저분했다.

아침에 출근을 한 백 씨는 나비네에게 집단 감기라는 진단을 내렸다. 두 달 동안 태산이를 분양한 것이 전부였다. 감기는 나비네를 보아 이모에게로 돌려보낼 적당한 구실이 되었다. 백 씨는 곧바로 전화기를 들었다.

"보아 이모, 얘들 감기 때문에 여기에 둘 수가 없어요. 알다시피 우리 애들은 모두 비싸잖아요. 전염이 되면 안 되니 지금 데려가 주세요."

태산이가 분양된 후 나머지 새끼들이 분양될까 봐 노심초사하던 보아 이모였다. 왕할머니에게 쫓기더라도 집으로 데려올까를 수도 없이 망설이던 때였다.

"어이쿠, 얘들은 집에 간다고 해도 이렇게 도망을 다니니 원."

반 평도 안 되는 철창에서 또 한바탕 작은 소동이 일었다. 백 씨가 두어 달 정든 대가라며 감기약과 주사기를 주었다. 그렇게 해서 나비네는 두 달 만에 보아 이모네로 돌아왔다. 왕할머니를 피해 창고가 아닌 방으로 들어온 나비네 다섯 식구는 돌팔이 의사 노릇을 하는 보아 이모에게 감기 주사를 차례로 맞았다. 나비는 토라져서 책상 뒤에서 한 발자국도 나오지 않았다.

"야, 얼른 나와 봐. 꽃나무들이 반갑다고 손 흔들어!"

한밤중이면 새끼들은 구석에서 나와 창틀에 올라갔다. 사흘이 지나자 방안 탐색을 끝낸 새끼들이 거실로 방으로 우르르 몰려다녔다. 나비네가 집으로 돌아온 후로 보아 이모 마음은 그렇게 편안할 수가 없었다. 한편으로는 분양이 되길 바라면서도 한편으론 분양이 안 되길 바랐던 마음을 스스로도 이해할 수 없었다. 가슴 저 밑바닥에서 들려오는 소리는 그들과 헤어지기 싫다는 거였다.

태산이는 걷고 또 걸었다. 세상은 그야말로 비명이 가득 했다. 자동차와 오토바이 소리, 술 취한 사람의 소리가 한데 섞여 괴성처럼 들렸다. 다친 다리가 욱신거렸다. 열이 펄펄 끓었다. 저만치 길 건너편에 보아 이모네로 가는 길이 보였다. 주민센터 불빛에 이끌려 차도로 내려섰다. 절룩이며 사 차선 도로를 건너려던 참이었다. 갑자기 자동차가 눈알을 희번덕거리며 달려왔다. 눈앞이 가물거렸다. 몸이 공중으로 붕 떴다. 차들이 오색 등을 켜고 춤을 추었다. 더는 움직일 수가 없었다.

"엄마, 안녕!"

태산이는 공중으로 붕 떠오르면서 나비와 남매들을 차례로 불렀다. 시리우스별이 요동치고 있었다. 그날 밤 나비는 책상 뒤에

서 깜박 잠이 들었다. 작지만 영롱한 빛이 하늘로 둥실 떠오르는 게 보였다. 자세히 보니 태산이었다. 두 손을 가지처럼 뻗어 붙잡으려 했지만 태산이는 노란 연등처럼 높이 떠서 어디론가 까마득히 가고 있었다. 나비는 손을 허공에 대고 마구 휘저었다.

"돌아와, 태산아! 아직은 돌아갈 때가 아니라고!"

꿈이었다. 나비는 알고 있었다. 태산이가 지구별에 온 지 석 달 만에 우주로 돌아가 버렸다는 사실을.

9. 우리가족동물병원

나비네가 방안으로 온 후 보아 이모네 식구들은 고양이 알레르기로 눈이 붓고 숨쉬기가 힘들었다. 수소문 끝에 우리가족동물병원이 고양이전문분양병원이라는 것을 알게 되었다. 곧바로 가족회의에 들어갔다.

"창고에는 왕할머니 때문에 둘 수가 없어요. 나비는 중성화 수술을 시켜 데려 오고, 새끼들은 분양하기로 해요."

그렇게 해서 나비네 다섯 식구는 보아 이모네로 온 지 열흘 만에 다시 우리가족동물병원이라는 곳으로 가게 되었다. 그곳은 소문대로 길고양이들 차지였다. 눈도 뜨지 못한 새끼들이 두어 뼘 남짓한 통마다 네 마리 다섯 마리씩 담겨 있었다.

"어머, 저 어미는 무척 어리네. 어쩌다가 저렇게 많이 다쳤을까. 온몸이 피투성이네. 저 옆 통에 담긴 새끼들 엄만가 봐."

길가는 사람들이 분양 통에 담긴 고양이를 두고 한 말이었다.

"새끼들이 참 귀엽게 생겼네. 나도 고양이 키우고 싶다."

그들은 말은 그렇게 하면서도 분양은 하지 않았다. 보아 이모는 그곳에 가서야 나비 새끼들이 분양 시기마저 놓쳐 버렸다는 사실을 알았다. 출입문 옆에는 분양 유리통 두 개를 합친 크기의 외딴방이 있었다. 그곳에는 서너 달쯤 된 고동색 물결무늬 고양이가 잠들어 있었다. 접수대 뒤로는 진료실, 수술실, 회복실이란 팻말이 나란히 붙었다. 엉거주춤 서 있는 보아 이모를 턱이 뾰족하게 생긴 간호사가 불렀다.

"발견 장소는요?"

간호사가 사무적인 태도로 물었다.

"은하마을 A612-614입니다."

보아 이모가 모기소리 만하게 대답을 했다. 간호사는 수용기록용이라며 나비와 새끼들 사진을 찍고 나비는 수술실로 데리고 갔다. 키가 크고 얼굴이 넙적한 간호사가 태양이와 우주, 강산이를 유리통에 담아 길 쪽으로 전시를 했다. 보아 이모는 눈앞에서 벌어지는 상황과 진찰실 안에서 새어 나오는 소리에 그만 그 자리에 얼어붙고 말았다.

"안 됩니다. 매번 동물보호단체로부터 항의를 듣는 것도 한두 번이어야지요. 저희 병원 사정 좀 봐주세요. 유기동물 보호시설이 없어서 구십 프로가 우리 병원으로 옵니다. 올해까지입니다. 내년에는 안락사와 중성화 수술을 다른 병원과 체결하십시오. 우리가 그 일을 가장 오랫동안 하지 않았습니까."

원장은 목소리가 우렁찼다.

"수술 후 방사해서 죽기라도 해 봐요. 중성화 수술 때문에 죽은 게 아닌데도 항의가 빗발칩니다. 저희도 할 만큼 했습니다."

통화 내용이 살벌했다. 우리가족동물병원은 강촌동물분양소와는 비교가 안 될 정도로 무서운 곳이었다.

"우주야, 태양아, 중성화 수술할 때까지만 견디자."

보아 이모는 유리통 앞으로 가서 우주 머리를 쓰다듬으며 중얼거렸다. 우주는 이리저리 붙잡혀 다니느라 몰라보게 순해져 있었다. 태양이는 맏이라서 동생들을 지키려는 마음에 보아 이모 손을 수도 없이 걷어찼다. 강산이는 등을 잔뜩 웅크렸다. 보아 이모는 나비가 수술받을 동안 집으로 가 전화통에 매달렸다.

"예쁘고 귀엽고 똑똑한 새끼들이야. 분양할 생각 없니?"

친분이 있는 사람들에게 일일이 전화로 물었다.

"난 고양이 싫어해. 갑자기 웬 길고양이를 기르라고 난리니?"

113

한결같은 대답이었다. 겨우 강산이만 친구인 호야네가 강제로 떠맡다시피 분양을 하겠다고 했다. 수술한 나비 배를 보호하기 위해 창고 바닥에 장판을 까느라 시간이 많이 지체되었다.

우리가족동물병원으로 갔을 때 나비는 유리통에 누워 있었다. 보아 이모 발소리에 일어서려고 안간힘을 썼다.

"어머나 재 좀 봐, 우리가 깨울 때는 꿈쩍도 않더니만 아주머니 발소리에 일어나려고 하네. 아직 마취도 덜 깼을 텐데. 주사 놓아줄 테니 데리고 가세요. 수술은 잘 되었습니다."

턱이 뾰족한 간호사가 재바르게 말했다. 의사가 주사를 놓기 위해 나비를 유리통에서 꺼내려던 참이었다. 나비는 있는 힘껏 도망을 쳐서 대형 냉장고 밑에 숨었다. 직원들이 달려와 냉장고를 에워싸고 밀대로 바닥을 쑤셨다. 나비가 질질 끌려나왔다. 수술 자리에 붙여놓은 커다란 반창고에 시꺼먼 바닥 때가 묻었다. 그 모습

을 본 보아 이모 눈에 금세 눈물이 맺혔다.

"방금 수술을 했는데 그렇게 도망 다니면 어쩌누? 집에 가서 쉬자."

"태양이와 우주 강산이를 여기에 두고 갈 수는 없는 고양."

"강산이는 호야네가 데리고 간다고 했어. 호야네는 믿어도 돼. 태양이와 우주는 좀 더 자란 후에 중성화 수술을 받고 나면 집으로 데리고 가자."

보아 이모는 나비를 타일렀다. 때마침 강산이는 호야네가 와서 데려갔다. 태양이와 우주가 분양이 되어 다시는 못 보게 될지도 모른다는 불안감에 보아 이모는 걸음을 떼지 못했다. 콩만 한 눈물이 굴러 태양이와 우주 이마에 떨어졌다.

"걱정 말고 가세요. 얘들은 착하니까 좋은 가정에 분양될 거예요."

닭똥 같은 눈물을 떨구고 섰는 보아 이모를 향해 턱이 뾰족한 간호사가 재촉했다.

수술한 나비 배를 보호하기 위해 창고 문은 다시 개방이 되었다. 아무리 잘 꾸며진 방이라도 새끼들이 없으니 빈 집이었다. 나비는 석 달 동안 엄청난 일을 겪었다. 그 과정에서 새끼들을 모두 잃고 다시는 아기를 가질 수 없는 몸으로 돌아왔다. 나비는 이제 지구별 여행을 그만하고 싶었다.

나비가 돌아온 날 노랑수고양이가 찾아왔다. 그동안 얼마나 많은 서열 싸움을 벌였는지 한쪽 눈이 애꾸가 되다시피 했다. 오른쪽 눈을 잃으면서까지 찾아온 노랑수고양이였지만 나비는 만나고 싶지 않았다.

"돌아가 주세요. 아무도 만나고 싶지 않아요. 여기는 내 의지대로 살 수 있는 곳이 아니에요."

노랑수고양이의 다친 눈에서 붉은 눈물이 쉼 없이 흘렀다. 그토록 사랑하는 나비가 지구별에 온 지 일 년 만에 배가 찢긴 모습을 보고 떠나갔다. 그날 이후 누구도 노랑수고양이를 보지 못했다.

10. 재회

코끝에 있는 점이 매력이라며 호야네는 태양이와 우주를 제치고 강산이를 선택했다. 강산이도 태산이처럼 분양 간 날부터 목이 터져라 울었다.

"무서워요 그 막대 좀 치워 주세요. 엉엉." 장난감과 소시지를 코앞에 대고 흔드는 것을 때리려는 것으로 착각한 강산이는 더욱 크게 울었다.

사흘 밤낮으로 울어대자, 아파트 주민의 항의가 빗발쳤다. 경비실 인터폰이 쉴 새 없이 울렸다. 급기야 경비 아저씨가 긴급 출동까지 했다.

"고양이 목소리를 거세하든지, 좀 조용히 시켜 주세요."

매일 경비 아저씨가 출동을 하자 호야 엄마는 호야 몰래 현관문을 살짝 열어두었다.

"자식처럼 보살피는 집에서도 저런데 하물며……."

보아 이모는 강산이가 도망쳤다는 말에 태양이와 우주 걱정에 휩싸였다.

첫 번째 새끼를 잃었을 때처럼 나비는 수술 후에 창고에서 나오지 않았다. 멍하니 앉아 벽만 바라보았다. 창고에 있은 지 나흘째 되던 날, 바깥이 분주했다. 귀에 익숙한 발소리가 점점 가까워지더니 난데없이 강산이가 창고 안으로 쑥 들어왔다. 강산이의 우렁찬 목소리가 나비를 일으켰다.

"엄마!"

"강산아!"

둘은 얼싸안고 울었다. 나비네가 강촌동물분양소로, 가족동물병원으로 끌려 다닐 동안 텃밭에서는 싹이 쑥쑥 자라 있었다. 고춧대 사이로 봉분이 다시 생기기 시작했다. 나비가 돌아왔다는 증거였다.

"내 이것들을 그냥!"

왕할머니는 보아 이모네 창고부터 찾았다. 출입문을 막아서서 벼락같이 소리치려던 참이었다. 막대기를 한껏 치켜들었다가 얼음인간처럼 굳어 버렸다. 창고는 예전의 라면 박스나 스티로폼 상자가 덩그마니 놓여 있던 곳이 아니었다. 깨끗하게 벽지가 발

라져 있었고 바닥에는 장판을 깔아 아늑한 방으로 꾸며져 있었다. 그곳에 나비가 배에 커다란 반창고를 바른 처연한 모습으로 앉아 있었다. 강산이를 꼭 끌어안고 왕할머니를 바라보던 고요한 눈에 눈물막이 차오르더니 소리 없이 흘러넘쳤다.

왕할머니는 우뚝 멈추어 선 채 그 모습을 보고 있었다. 그것은 아주 짧은 찰나였다. 그 순간 신비한 일이 벌어졌다. 왕할머니의 철통같던 마음이 열리고 있었다. 눈빛 교감이 일어나 서로를 불쌍하게 여겼다.

모든 생명은 지구별로 처음 여행을 온 자들이며 언젠가는 떠나야 한다는 침묵의 응시가 천만 마디의 말보다 더한 감정을 쏟아 내고 있었다. 왕할머니의 치켜들었던 팔에 힘이 빠지면서 아래로 떨어졌다.

"그래, 니가 내보다 낫다. 끔찍이 생각해 주는 사람도 있고 수시로 들락거리는 자슥도 있시니."

왕할머니가 중얼거리며 막대를 질질 끌며 대문을 나갔다. 그날 이후 왕할머니는 똥을 담 너머로 던지기는 했지만 소리치지 않았다. 막대기로 지구를 탕탕 때리지도 않았으며 나비가 있는 창고에 오지도 않았다.

보아 이모는 하루도 거르지 않고 우리가족동물병원으로 갔다.

다녀와서 반드시 나비에게 들러 태양이와 우주의 안부부터 전했다.

"걱정 말아라. 둘이 잘 있더라. 중성화 수술 때까지 분양이 안
되면 집으로 데리고 오마."

보아 이모가 목덜미에 손을 얹는 것으로 화해를 청했지만 나비
는 거절했다. 멍하니 벽만 바라봤다. 태양이와 우주가 우리가족
동물병원으로 간 지 열흘이 지났다.

그동안 어쭙잖게 고독한 자유인 행세를 하느라 집안 경제가 엉
망이 되어 있었다. 엎친 데 덮친 격으로 생계에 타격을 입는 일까지
겹쳐 여유가 없었다. 자연스레 마음의 문이 닫혔다.

그 사이 태양이와 우주는 전시용 유리통에서 나와 출입문 바로
옆에 있는 외딴 방으로 옮겨졌다. 그 방에 있던 고동색 물결무늬
고양이는 보이지 않았다. 보아 이모는 태양이와 우주가 좁은 유
리통에서 나와 함께 있는 것이 기뻤다.

"나비야, 글쎄, 태양이와 우주가 외딴 방으로 옮겼더구나. 너
도 보았지. 출입문 옆에 있던 큰방 말이야. 함께 있는 게 좋아
서 둘이 꼭 껴안고 있더라. 잘 되었지. 그치?"

나비는 눈을 지그시 감았다.

"왜 그러니? 너 나한테 삐쳐서 찌그렁이를 붙는 거지. 둘이 넓
은 곳에 같이 있으니 얼마나 좋니 의지도 되고."

보아 이모 말에 나비는 머리를 세차게 흔들었다. 구슬픈 목소리로 천변을 향해 누군가를 애타게 불렀다.

이튿날 보아 이모는 태양이와 우주를 보고 와서 의기양양 말했다.

"둘이 잘 있더라. 우주는 내 손을 혀로 핥던 걸. 태양이는 도도해서 끝까지 손도 안 잡더구나. 꼭 어릴 때 너처럼."

나비는 망연자실한 표정으로 돌아앉아 버렸다.

보아 이모는 한시름 놓아서인지 몸살이 났다. 나비 새끼들이 태어나고 석 달 남짓 한시도 마음 편할 날이 없었다. 거기에 생활고까지 겹쳐 지칠 대로 지쳐 있었다. 온몸이 불덩이였다. 그 바람에 이틀씩이나 태양이와 우주를 보러 가지 못했다.

몸이 회복된 보아 이모는 우리가족동물병원부터 찾았다. 외딴방에 있어야 할 태양이와 우주가 보이지 않았다. 그 방에는 다른 고양이가 자고 있었다.

"얘들! 얘들, 어디 있나요?"

보아 이모가 허둥대며 두리번거렸다.

"마침 오셨네요. 왜 이틀씩이나 안 왔죠? 걔들 어제 둘 다 중성화 수술받고 분양되었어요."

턱이 뾰족한 간호사가 마치 준비하고 있었던 것처럼 말을 했다.

"뭐라고요! 둘 다요? 아직 어려서 수술을 못한다고 하지 않았
나요? 어떻게 수술한 날에 분양을 보내요? 그것도 한 날 한 시
에!"

보아 이모는 금방이라도 울음보가 터질 것 같은 얼굴이었다.

"불과 사흘 전만 해도 수술을 하려면 한 달은 기다려야 한다고
하지 않았나요?"

어린것들이 수술받은 몸으로 떠났다는 말에 보아 이모는 슬펐
다.

"같은 날 분양되었지만 각자 다른 집으로 갔어요. 태양이는 어
젯밤에 무얼 잘못 먹었는지 토하다가 죽었다네요. 태양이를
데려간 사람이 병든 고양이 새끼를 분양했다고 난리였어요."

턱이 뾰족한 간호사가 무너지듯 주저앉는 보아 이모를 의식해
빠르게 말을 했다.

'간호사는 지금 거짓말을 하고 있는 거다. 이틀 전까지도 멀쩡
했는데. 안락사를 시키고 완벽한 거짓말을 위해 토하다가 죽
었다고 꾸며대는 거야.'

보아 이모는 의심만 늘었다. 그제야 왜 우주가 손등을 핥았는
지, 태양이가 외면했는지, 나비가 그토록 낙담했는지를 알았다.

"우주는 다행히 좋은 주인을 만났어요. 걘 착하잖아요. 부잣집
으로 갔으니 안심하세요."

키가 크고 얼굴이 넙데데한 간호사가 둘 사이를 가로막고 나섰다. 살갑게 굴던 뽀얀 얼굴의 우주가 눈앞에서 아른거렸다. 태양이는 맏이라서 의젓했다. 어려움이 닥칠 때마다 나비를 돕느라 보아 이모 손등을 가장 많이 꼬집었다. 그럴 때마다 보아 이모는 동생들을 보살피려는 마음을 이해했다.

'어쩌면 둘 다 이미 지구에 없는지도 몰라'

지구에 없다는 것보다 분양 갔다는 말을 보아 이모는 믿어야 했다. 태양이와 우주가 있던 외딴방이, 모든 유기동물들이 지상에서 마지막으로 머무는 장소였다는 사실을 조금만 더 일찍 알았더라면, 거리의 부랑자로 살게 내버려두더라도 은하마을로 데려왔을 것이다. 나비가 그토록 애원하는 눈빛으로 구조 신호를 보냈지만 그 사이 먹고사는 일로 마음의 창이 닫혀 버린 보아 이모는 나비의 말을 알아듣지 못했다.

"결국 두 번째 새끼들마저 내가 몽땅 잃게 만들었구나. 괜히 네 생에 끼어서. 내버려두었더라면 스스로 자기 삶을 살다 갔을 터인데."

우리가족동물병원을 나서는 보아 이모 눈에서 수만 개 물방울 별들이 흘러내렸다.

11. 내 이름은 강산이

강산이는 호랑이 새끼를 연상케 하는 외모를 가졌다. 얼굴은 귀공자처럼 생겼어도 손발은 솥뚜껑처럼 컸다. 흰별 은별 무늬가 있는 목덜미는 두툼했다. 덩치는 컸지만 잠시도 나비 곁에서 떠나려 하지 않았다.

"야, 인마! 엄마 똥꼬만 졸졸 따라다니는 바보야!"

동네 고양이들이 때때로 와서 놀렸지만 꿈쩍도 하지 않았다. 우리가족동물병원과 강촌동물분양소를 가 보지 않고 고양이의 지구살이에 대한 말을 말라고 하고 싶었지만 꾹 참았다.

그날은 강산이 생일이었다. 달리가 자벌레를 가지고 노는 강산이를 보고 첫눈에 반해 버렸다. 동그란 얼굴과 코끝에 있는 까만 점에 마음을 빼앗겼다. 길게 뻗은 꼬리는 부드러웠다.

"어쩜 저렇게 잘생겼을까."

달리는 강산이 곁으로 살금살금 다가갔다.

"안녕?"

"아유 깜짝이야! 넌 누구니?"

달리는 중저음이면서도 맑고 투명한 강산이 목소리에 한 번 더 반했다. 목소리가 귓바퀴에 닿아 둥둥 울렸다. 강산이 목소리가 법고처럼 울리는 것은 어렸을 때 호야네로 분양 가서 사흘 밤낮을 울어 목이 트여서다.

"뭘 그리 놀라세요? 체격은 듬직해 가지고. 나는 달리라고 해요. 엄마는 우리들을 지키느라 수고양이와 싸우다 죽었어요. 남매들은 수고양이가 데려가 버리고 나만 남았죠."

달리가 바닥을 뒹굴면서 나 좀 봐달라고 애교를 부렸다. 강산이는 어렸을 때 이리저리 끌려 다니느라 마음고생을 많이 한 탓에 슬픈 말을 들으면 금세 눈물이 맺혔다.

"자주 놀러 와. 나는 엄마랑 둘이 살아."

"정말요? 아이 좋아라."

달리가 손뼉을 쳤다. 밥도 있고 엄마도 있고 거기다 잠잘 창고까지 있는 강산이가 달리는 부러웠다. 달리는 매일 밤 강산이에게 바깥 구경을 가자고 졸랐다.

"난 엄마 곁에 있어도 불안해. 세상은 온통 비명들로 가득 차

있어, 골목 바깥으로 나가는 게 무섭고 두려워."

강산이는 두툼한 앞발로 비쩍 마른 달리 머리를 쓰다듬으며 말했다.

"치, 두려움을 넘어서야 또 다른 세상이 열린다는 걸 모르나 봐. 고난이 영웅을 만들어요. 오빠는 뭘 모르네."

달리는 혼자 살아남아서인지 백발노인 같은 말을 자주 했다.

"불안한테 마음을 빼앗기면 안 돼요. 작은 용기가 거대한 두려 움을 무너뜨리는 거예요."

강산이는 가만히 듣고 있었다. 아무리 잊으려 해도 잊히지 않 는 특별한 추억이 누구에게나 있다. 이리저리 끌려 다닌 기억을 지울 수만 있다면. 투쟁, 희망, 의심, 승리라는 운명 길을 따라 호

야네서 나비 곁으로 다시 오기까지의 과정들이 늘 앞을 가로막았다.

　강산이는 그날 열린 호야네 현관문을 빠져나왔다. 사방에서 들려오는 무시무시한 자동차들 소리에 온 몸이 뻣뻣해졌다. 한 발자국을 내딛는 것조차 무서웠지만 엄마에게 가야 한다는 간절함에 발걸음을 움직였다. 사흘을 내리 굶었다. 길바닥에 고인 물로 목을 축였다. 자동차와 사람들이 사방에서 우글거렸다.
　"이럴 줄 알았으면 호야 누나가 주던 맛있는 간식이라도 먹고 나올 걸."
　그때였다. 건물 모퉁이에서 사방을 두리번거리던 사람이 사료를 놓고 도망치듯 사라졌다.
　"엄마가 우리를 좋아하는 사람도 있다고 하더니, 고마워요, 이모 잘 먹겠습니다.
　강산이는 허겁지겁 배를 채웠다. 밥을 먹고 나니 용기가 생겼다. 보아 이모네 창고를 향해 정신없이 뛰었다.

　강산이는 호야네에서 도망치던 날 생각이 떠올라 눈을 질끈 감았다. 지금도 쫓기는 신세여서 언제 어디로 붙잡혀 갈지 몰랐다. 겉보기엔 행복해 보여도 왕할머니 눈치를 보느라 편한 밥을 먹어

본 적이 없었다.

"넌 배고플 땐 어떻게 하니?"

"울지 않고 마냥 버텨요."

"배고프면 이리로 와. 내 밥 나누어 먹으면 되니까."

"아이 좋아라."

그날 이후 강산이는 달리와 밥을 나눠 먹는 사이가 되었다. 달리는 올 때마다 골목 바깥에 있는 더 큰 세상에 대해 이야기를 했다. 개에게 쫓겨 낯선 곳까지 가게 된 사연과 사 차선 도로를 넘나든 모험은 강산이 간을 콩 만하게 만들었다. 그런 이야기를 할 때면 달리는 이렇게 말하곤 했다.

"가슴을 두근거리게 하는 것이 두려움인지 용기인지를 생각해 봐요. 고난도 다른 창으로 보면 축복일 수 있으니까요."

강산이는 달리와 함께 있을수록 말이 마치 음악처럼 들렸다. 앞발로 간질이고 뒹굴 때면 달리에게서 만리향이 났다. 강산이가 지금껏 한 번도 맡아보지 못한 향기였다. 기분이 좋아져서 절로 가르릉 소리가 났다.

여느 때와 같이 강산이는 달리와 장난을 치며 놀았다. 장난이 늘어날수록 달리의 향기는 A612-614 골목을 빠져나가 대장인 흰수고양이 코에까지 가 닿고 말았다. 향기를 따라 보아 이모네 마당으로 온 흰수고양이는 강산이를 보자 다짜고짜 주먹부터 날렸다.

"뭐야, 마마보이 주제에 감히 내 사랑을 넘봐."

갑자기 나타나 작심하고 휘두른 한방에 강산이는 꽈당하고 넘어졌다. 험상궂게 생긴 흰수고양이는 분이 풀리지 않는지 커다란 주먹을 강산이 코앞에 대고 흔들었다.

"달리는 이 일대 여왕이시다. 여왕을 만나려거든 나에게 정정당당하게 결투 신청을 하란 말이야. 이 애송이야!"

흰수고양이가 눈알을 부라렸다. 달리가 일찍 여왕이 된 데는 그만한 사연이 있었다. 나비가 갑자기 붙잡혀 가 우리가족동물병원에서 중성화 수술을 당하는 바람에 어린 나이에 여왕이 되었다. 나비가 노랑수고양이의 연인이었듯, 달리는 흰수고양이의 여인으로 자라고 있었던 셈이다.

"앞으로 달리 곁에 얼씬도 하지 마. 여기서 쫓아 버릴 테니. 알았어?"

나둥그러진 채 벌벌 떨고 있는 강산이를 향해 흰수고양이가 말했다. 쫓아 버린다는 말은 엄마를 떠나라는 것과 같다. 달리 앞에서 일방적으로 맞은 것보다, 떠나라는 으름장이 더 생생했다. 강산이는 뒤란으로 도망쳤고 흰수고양이는 저만치 앞서가는 달리 뒤를 따랐다.

달리는 그날 사바나 법에 따라 흰수고양이와 결혼식을 겸한 대관식을 올렸다. 그날 밤 강산이는 비행기 폭음처럼 울었다.

"달리야, 사랑해!"
강산이의 처절한 울음소리에 나비는 우리가족동물병원에서 돌아온 후 처음으로 창고에서 나왔다. 청춘의 성장통인 사랑앓이를 하는 강산이를 달래기 위해서였다.
"아들아, 사랑엔 고통이 따른단다. 참사랑은 가슴앓이 후에 오는 거야."

나비는 강산이 등을 다독였다. 그날 이후 달 밝은 밤이면 강산이는 긴 꼬리를 늘어뜨리고 담벼락에 기대어 있는 날이 많았다.

"새도 잡을 수 있는 점프력과 민첩함을 가지고 있으면서도 두려움 때문에 싸워 보지도 않고 물러서는 것은 겁쟁이나 하는 짓이에요. 목표물을 향해 신경을 집중해봐요. 모든 걸 가지고 있으면서 용기를 내지 않잖아요. 숨기만 하고."

달리가 떠나면서 한 말이었다. 그 말이 강산이의 야성을 깨웠다.

"강한 남자가 되겠어. 누구든 도전하면 거칠게 대항할 거야."

강산이는 두툼한 턱과 솥뚜껑 같은 손발을 가지고 있어 대장으로서의 신체 조건을 고루 갖추었다. 문제는 두려움이었다. 쫓기며 사느라 겁이 많았다.

달리가 떠난 지 석 달이 지났다. 달리는 흰수고양이 새끼를 다섯 마리나 낳은 엄마가 되어 있었다. 흰수고양이는 패장이 되어 쫓겼다. 달리는 아빠 없는 새끼들을 보아 이모네 창고에 떡하니 데려다 놓았다. 사바나 법대로라면 강산이는 달리 새끼를 아무도 모르는 곳으로 숨겨야 했다. 강산이는 차마 그렇게 할 수 없어 창고를 박차고 나왔다. 그것이 체력을 연마하는 계기가 되었다. 호야네서 도망쳐 온 후 처음으로 나서 본 골목이었다. 그곳에는 새로 대장이 된 검은수고양이가 떡 하니 버티고 있었다. 막상 맞닥뜨리고 보니 두려웠다. 검은수고양이가 먼저 불편한 심기를 이빨로 드러냈다. 강산이도 덩달아 등을 둥글게 말며 큰소리쳤다. 목소리가 천둥처럼 울렸다. 검은수고양이가 저도 모르게 뒷걸음을 칠 정도였다.

"올 테면 와라. 상대해 주마!"

두려웠지만 용기를 낸 강산이가 소리쳤다.

"오냐, 하룻고양이 대장 무서운 줄 모르는구나."

검은수고양이의 목소리는 속살이 떨릴 정도로 앙칼졌다. 숱한 패배가 검은수고양이를 만들었다. 강산이는 검은수고양이의 옆어치기 한방에 간단히 제압당했다. 패기만 앞세운 목소리만 큰 초보 싸움꾼에 불과했다.

달리 새끼를 보고 왕할머니보다 더 놀란 건 보아 이모였다. 달리는 보아 이모에게 쫓기느라 새끼 다섯 마리를 물고 담장을 넘나들었다. 달리의 작은 몸은 야윌 대로 야위었다. 초보 엄마라서 마땅히 새끼를 숨길 장소를 찾지 못해 보아 이모네 폐지 박스에 새끼를 두었다.

이튿날 새벽, 모두가 단잠에 빠져 있을 때였다. 보아 이모 귀는 나비 수염만큼이나 예민했다. 중얼중얼하는 소리에 잠이 깼다.

"할머니, 뭐 하시는 거예요?"

"고양이 수를 세고 있소. 한 마리 두 마리……. 나비 강산이를 포함해서 고양이가 모두 여덟 마리요. 이제 스무 마리가 되는 건 순식간이요. 이 보소! 저 고양이들을 우째 감당할라요.”

그동안 왕할머니는 양보를 많이 했다. 나비와 강산이에게 밥을 많이 주지는 말고 조금씩만 주라는 식이었다. 이번에 보아 이모는 왕할머니 편을 들었다. 그날 달리의 첫 번째 새끼 다섯 마리는 태양이와 우주가 있던 우리가족동물병원에 맡겨졌다.

달리는 두 번째엔 검은수고양이 새끼를 낳았지만 보아 이모를 피하느라 데려 오지 않았다. 밥만 먹고 갔다. 달리는 엄마가 되면서 전투적으로 변했다. 굶주렸던 공포 때문에 강산이 밥그릇에 발을 담그고 여왕이라는 체통도 잊고 허겁지겁 먹었다.

달리가 두 번째 새끼를 낳은 지 보름째 되던 날, 붉은여우 미용실 앞에 세워둔 승용차 밑에 달리가 지구에 온 후 가장 편안한 모습으로 누워있었다. 갓 태어난 새끼들을 두고 서둘러 떠나는 게 슬펐던지 두 눈을 부릅뜬 채였다.

“이렇게 일찍 갈 줄 알았더라면 맘 놓고 밥이라도 먹게 내버려둘 걸. 겨우 한 해 살고 가 버리다니, 네 새끼들은 어떡하니.”

보아 이모는 뒤란 너머 어느 집 창고에서 눈도 뜨지 못했을 새끼들보다 죽은 달리가 불쌍해서 중얼거렸다. 시리우스 주변으로 먹장구름이 몰려들고 있었다.

달리가 죽은 후 강산이가 변했다. 전설 속에 잠들어 있던 맹수의 본능이 깨어났다. 나비 곁만 맴돌던 강산이가 아니었다. 수고양이들에게 거칠게 대들었다.

"어흥!"

　강산이가 우짖는 소리는 호랑이 뱃속에서 나는 것처럼 울림이 컸다. 선전포고를 할 때마다 목둘레가 부풀었다. 수시로 손톱 발톱을 갈고 목청을 다듬었다. 첫 번째 결투 상대로 흰수고양이를 골랐다. 흰수고양이는 짧은 꼬리만 치켜세울 뿐 쉽사리 덤비지 못했다. 강산이가 먼저 솥뚜껑 같은 주먹을 날렸다. 나는 새도 잡을 수 있는 점프력으로 목표물을 향해 신경을 집중했다. 흰수고양이가 나가떨어졌다. 이번엔 강산이가 호되게 턱을 맞았다. 흠씬 두들겨 맞았지만 물러서지 않았다. 틈을 노려 공격을 했다. 그날 서열 다툼은 너무도 치열하여 우열을 가리기 힘들었다. 중간에 보아 이모가 나서는 바람에 끝이 나고 말았다.

　나뭇잎들은 봄에 새로 태어나기 위해서 울긋불긋한 단풍 옷마저 벗어 버린다. 그 사이 나비와 강산이는 또 한 차례 나무로 만든 뒤주에 갇혔다. 강산이가 날마다 창고 문을 머리로 들이받고 왕할머니 텃밭으로 가는 바람에, 보아 이모 스스로 뒤주를 만들어 가둬 버렸다. 강산이는 계속 탈출을 강행했다. 있는 힘껏 빗장

을 풀고 나갔다가 나비가 있는 뒤주로 스스로 돌아와 갇히길 반복했다. 애써 만든 뒤주도 소용없게 되자 보아 이모는 뒤주를 부셔 버렸다.

나비의 지구별 여행 중 행복했던 때는 여름이었다. 여름엔 창문이 항상 열려 있어 보아 이모와 가까이 지낼 수 있어 좋았다. 창 앞 난간에 팔다리를 늘어뜨리고 있으면, 모기가 귀를 무차별 공격해도 책 읽는 보아 이모의 낭랑한 목소리만은 막지 못했다. 지구별이 아름다웠던 때를 떠올리라면 아마도 해지는 광경과 책 읽는 모습일 것이다. 여름은 한밤중에 비와 회오리바람을 몰고 오기도 했다.

"우르릉 쾅쾅! 주룩주룩……."

보아 이모에게 한 가지 소망이 있다면 마당이 넓은 집으로 이사를 가는 거였다. 그곳에 나비와 강산이의 전용 집을 짓고 누구의 간섭도 받지 않고 지내는 일이었다. 천둥 번개가 쳐도 끄떡없고, 겨울에 추위 걱정 없는 그 집은 나비가 똥 때문에 쫓길 일도 없고 밥을 편하게 먹을 수 있을 것이며, 알레르기 반응을 일으키는 가족에게도 피해가 되지 않을 것이다. 여전히 골목 바깥에 있는 더 큰 세상에 대한 호기심으로 들락거리는 강산이가 문제겠지만 그렇더라도 하루라도 나비가 좀 편하게 지냈으면 하는 게 꿈

이었다. 보아 이모는 그 상상으로 이웃 간에 삭막해진 정을 견딜
수 있었다.

12. 보고 싶을 고양

네 번째 새봄이 왔다. 나비가 심각했다. 불러도 알은체를 안 했다. 하루 종일 쭈그리고 앉아 벽만 바라보았다. 나비는 분명 달라져 있었다. 보아 이모가 부르면 왕할머니가 있나 없나를 살피며 득달같이 달려오던 나비가 아니었다. 창고에서 어둠을 걸치고 앉아 생각에 빠질 뿐이었다.

간혹 왕할머니 집에 세 들어 사는 조그마한 개, 시추가 넋 놓고 앉은 나비를 깨웠다. 시추는 큰 소리 칠 데라곤 나비와 강산이 밖에 없는 것처럼 굴었다. 나비는 시추를 피해 도망갈 때도 낮은 담장조차 가뿐하게 오를 수 없었다. 매번 막다른 데까지 몰려 시추의 몇 개 남지 않은 누른 이빨을 마주해야 했다. 그럴 때면 시추도 노인인지라 기운이 없어선지 천변 쪽으로 신호를 보내다 돌아서곤 했다.

주말에 내린 비는 일요일까지 이어졌다. 텔레비전에서는 앵커가 애완동물 천만 마리 시대라며 동물의 권리에 대해 떠들고 있었다. 보아 이모는 집 나서기 전 창고에 있는 나비 안색을 살폈다. 그릇에 담긴 사료가 줄지 않고 있었다.

"나비야 이리 온. 입맛이 그렇게 없어 어떡하니. 도대체 며칠을 굶은 거야?"

나비는 눈만 멀뚱거릴 뿐 스티로폼 상자에서 나오지 않았다.

"도대체 어디가 아프니? 시골 장에 다녀와서 맛있는 간식 사줄게."

나비는 대답이 없었다.

한 시간을 차를 몰아 도착한 시골 장은 비가 와서 썰렁했다. 보아 이모는 애호박과 푸성귀만 사고 장보기를 일찍 끝냈다. 카페에 들러 창가 테라스에 앉아 바다를 바라보며 커피를 마셨다. 맛이 없었다.

"나비도 외로워서 아픈 거야!"

커피를 마시려다 느닷없이 든 생각에 보아 이모는 부리나케 일어났다. 외로움만큼 무서운 것도 없다. 잠도 밥맛도 모두 잃어버리게 만든다. 나비가 멍하니 앉았던 모습이 떠올랐다. 언제 같이 놀았는지 기억조차 없었다.

"그러고 보니 강촌동물분양소를 다녀온 후로 나비는 단 한 번
도 가르릉 웃지 않았어."

보아 이모는 갑자기 마음이 바빠졌다. 황급히 카페를 나와 빗
속으로 차를 몰았다.

그 시각 천변을 떠돌던 큰 개는 어떤 부름을 받았는지 급히
은하마을 쪽으로 향했다. 차들이 쌩쌩 달리며 경적을 울렸지만
무언가에 홀린 듯 사 차선 도로를 성큼성큼 무단으로 건넜다.
보아 이모는 은하주민센터 경보등 앞에 도착해서 푸른 신호를
기다렸다.

떠돌이 개는 수많은 골목 중에서 잠시의 망설임도 없이 빨간

벽돌집들이 늘어선 골목을 지나 붉은여우 미용실 안에 있는 보아 이모네 마당으로 들어서고 있었다.

송아지만큼 큰 개가 창고 문 앞에 떡 버티고 섰을 때 나비는 올 것이 왔다고 생각했다.

"이제야 내 신호를 받고 네가 왔구나."

무서웠지만 미소를 잃지 않았다. 보아 이모가 좋아하는 황금색 눈에 무서움을 담고 싶지 않았다. 나비는 강산이를 제치고 창고 문 앞을 버티고 섰는 떠돌이 개 앞으로 돌진했다.

"네 이빨은 단숨에 나를 우주로 돌아가게 할 수 있어. 나를 길 들인 사람을 위해서 온전한 모습으로 돌아가고 싶어. 어서 나를 시리우스로 돌아가게 해 줘!"

고양이들이 쥐에게 그랬던 것처럼 떠돌이 개는 서두르지 않았다. 아프리카 밀림에서 호랑이가 사슴을 물고 숲 속으로 들어가듯, 떠돌이 개가 창고에서 나비를 물고 나왔을 때, 보아 이모는 붉은여우 미용실 담벼락에 차를 세웠다. 떠돌이 개는 나비를 서너 차례 마당에 내동댕이쳤다. 보아 이모가 좁은 골목으로 들어서는 동안 나비는 한 차례 더 내동댕이쳐졌다. 아무 소리도 나지 않았다. 빗소리만 찰방거렸다.

보아 이모가 대문 앞에 다다랐을 때 떠돌이 개는 나비를 놓고 돌아섰다. 대문 앞에서 마주쳤을 때 송아지만한 개는 오히려 비에 흠뻑 젖은 처량한 모습으로 올려다보았다.

"어머나, 넌 누구니?"

보아 이모 물음에 개는 태연했다. 허둥대지 않았다. 얼굴에 붉은 얼룩이 군데군데 묻어 있었다. 보아 이모는 무서웠지만 비를 맞고 떠도는 개가 불쌍하다는 생각을 잠시 했다. 순간 개와 고양이는 원수지간이란 말이 떠올랐다. 창고에 있을 나비와 강산이 걱정에 우산으로 개를 쫓았다. 개는 한 번 더 뒤돌아봤다. 무엇을 확인한 듯 어슬렁거리며 나갔다. 보아 이모는 대문을 닫고 나비에게로 갔다. 창고 문이 활짝 열려 있었다.

"나비야! 나비야!"

열린 문 뒤에 나비가 눈을 빤히 뜨고 누워 있었다. 비에 흠뻑 젖은 채였다. 목덜미에는 장미가시 같은 붉은빛이 돋아 있었다.

"안 돼, 가지 마!"

낯빛이 먹빛으로 변한 보아 이모가 발을 동동 굴렀다. 조금 전 대문을 나간 떠돌이 개를 떠올렸다.

"아, 그놈이었구나, 그 무지막지한 놈이 견유학파[4]인 줄 알았

---

4) 견유학파: 행복이 외적인 조건에 좌우되지 않다고 보는, 무소유와 정신의 독립을 이상으로 삼은 고대 그리스 철학의 한 파

더니!"

우산대를 거머쥐고 골목으로 내달았지만 큰 개는 이미 사라지고 없었다.

비가 세차게 퍼부었다. 보아 이모는 나비가 우주로 돌아가고 나서 처음으로 품에 안을 수 있었다. 목덜미 외에는 손도 못 대게 하던 나비였다. 아득한 이명 속으로 깊숙이 빨려 들어가는 듯한 눈이었다. 그 눈은 먹물을 풀어놓은 허공을 항해하는 듯 했다.

"슬퍼하지 마, 죽음이란 형상이 변하는 것뿐이야. 눈은 그 형상을 담는 그릇이지."

황금 우물이 담긴 나비 눈이 말하고 있었다. 심장 박동은 꺼져 있었지만 온기는 남아 따뜻했다. 보아 이모는 악몽을 꾸는 것 같았다.

"황금 샘처럼 영롱하던 네 눈을 다시는 볼 수 없다니. 모두가 내 잘못이야."

보아 이모에게 나비는 사막의 샘 같은 존재였다. 길들인 것에 대한 책임을 다하지 못한 죄책감이 심장을 마구 찔렀다. 눈물이 빗물에 섞여 나비를 적셨다.

나비를 묻고 창고로 돌아왔을 때, 텅 빈 스티로폼 상자 안에는 형상이 변한 나비가 앉아 있었다. 보아 이모는 그 앞에서 한참을 울었다. 그렇게 나비는 자신의 별인 시리우스 성좌로 돌아갔다.

"나비야, 네가 사 년 전 봄날 왜 내게로 왔는지 이제야 알 것 같아. 너의 별이, 내가 가장 좋아하는 그 별이, 마음의 창이기 때문이지. 네 눈은 그 별을 닮았거든. 황금빛으로 빛나는 그 별 말이야!"

보아 이모는 비 오는 하늘을 올려다보면서 웅얼거렸다. 빗줄기가 얼굴을 뒤덮었다. 창고에 넣어둔 밥도 그대로였다. 나비가 지구별에서의 여행이 힘들고 외로워 다른 곳으로 가기 위해 무지막지한 떠돌이 개를 불렀을 것이라고 추측만 할 뿐.

밤이 이슥해서야 강산이는 어깨가 축 처진 모습으로 돌아왔다. 여태껏 곁을 주지 않던 강산이는 처음으로 보아 이모 옆에 네 발을 모으고 앉았다.

"강산아, 밥 먹어라. 하루 종일 아무것도 먹지 못했잖니?"

특식으로 닭고기 스프가 마련되어 있었지만 강산이는 슬픔이 커서 아무것도 먹지 못했다. 둘은 짙은 고독과 외로움 속에 한참을 있었다. 캄캄한 하늘에서 물방울 별들이 하염없이 쏟아졌다.

"우리 강산이, 이제 혼자라서 어떡하니?"

보아 이모 말에 강산이는 천천히 몸을 일으켰다. 어둠에 덮인

대문을 물끄러미 바라보았다. 두려움을 넘어서야만 또 다른 세상이 열린다던 달리 말에 의지했다. 자유를 찾아 떠나기로 마음먹었다. 저 문 밖에 있는, 호야네를 탈출한 후 한 번도 가보지 않은 더 큰 세상을 향해 걸어갔다. 보아 이모는 떠돌이 개와 검은수고양이와 흰수고양이가 덮칠까 봐 안절부절못했지만, 강산이는 비 오는 골목을 향해 과감히 나아갔다. 그 길은 검은 비구름으로 뒤덮여 있었지만 어둠 안은 활짝 열려 있는 듯 강산이는 빗속을 향해 날리기 시작했다.